SV

Band 1031 der Bibliothek Suhrkamp

Tankred Dorst
Klaras Mutter

Mitarbeit Ursula Ehler

Suhrkamp Verlag

Fotos: Barbara Baum und Günther Naumann

Erste Auflage 1990

Druck: Nomos Verlagsgesellschaft, Baden-Baden
Printed in Germany

Klaras Mutter

Als Klara mittags von der Schule nach Hause kam, war ein Fremder da. Er saß auf einer Bank in der Küche, den Brotbeutel neben sich. Die Mutter trug die Suppenschüssel zum Tisch und sagte dabei zu Klara hin:
– Das ist Herbert Kupka.
Klara setzte sich an den Tisch und ihre Mutter teilte die Suppe aus.
– Das ist die Klara, sagte sie, ich hab dir ja gesagt, daß ich eine Tochter hab.
Kupka nickte heftig, aus Verlegenheit.
Klara sagte:
– Ich bin Lehrerin.
Kupka kramte ein Patentbesteck aus dem Brotbeutel, klappte den Löffel aus und aß damit. Die beiden Frauen sahen hin, sagten aber nichts. Alle drei aßen ihre Suppe.

Sie führten Kupka durch das Haus, die Falk voraus; sie erklärte ihm in ihrer barschen, ungeduldigen Art, wie sie hier lebten, Klara und sie, in dem viel zu großen, schieferschwarzen Kasten. Sie sprach davon, als ob es eine Schande wäre, in diesem Haus zu wohnen, dem größten im Ort, mit breiter Treppe und einem ehemaligen Tanzsaal und unnötig vielen

Zimmern, von denen die meisten leerstanden. Sie schloß eine Tür auf und alle drei sahen hinein:
– Das Onkelzimmer, sagte sie. Da gehn wir nie rein. Da ist alles noch genau so wies beim Onkel war. Wir brauchen ja sowas nicht.
Der Onkel, von dem die Falk das Haus geerbt hatte, hatte ganz anders gelebt als sie. Großspurig, sagte die Falk. Er hat mit seinem Landwirtschaftlichen Produkte-Handel einen Haufen Geld verdient. Ein großer dicker Mann, der hat zwanzig Klöß und ein halbes Schwein gefressen, ganz für sich allein. Die Frau und das Kind sind ihm bald weggestorben. In den letzten Jahren hat er sich nicht mehr vom Fleck bewegen können, da hat er nur immer durchs Haus geschrien.
– Dort steht noch sein Sessel, sagte Klara.

Es war ein ausladender Polstersessel, an dem rechts und links Fahrradreifen angebracht waren. Zu der Zeit, sagte die Falk, war ich aber schon nicht mehr im Haus, ich war ja nur als Kind da. Er hat einen großen gefleckten Hund gehabt mit gestutztem Schwanz, der manchmal blutete, daran erinnert sie sich, und an die kleinen blutigen Spritzer unterhalb der Türklinken.

In allen Räumen roch es nach Kräutern und nach Obst. Die Falks sammelten das ganze Jahr über Kräuter und Pilze und Früchte und legten sie zum Trocknen aus, auf allen Schränken und Kommoden; auf dem großen Speicher waren Schnüre mit Apfelringen gespannt und in dem Saal, der früher ein Tanzsaal gewesen war, wo aber jetzt Schränke standen und das Gerümpel vom Büro des Onkels, waren

Bleche und Zeitungen auf dem Fußboden ausgebreitet, darauf lagen schwarzbrockige Birnenstücke.
– Hier wäre Raum für viele, sagte die Falk, für zwanzig oder dreißig, für eine größere Gemeinschaft. Kupka sah aus dem Fenster, drüben auf dem Hügel standen drei Frauen und sahen zu dem Falkhaus herunter.
– Die stehn da und gaffen, weil wir Besuch haben, lachte die Falk. Die sagen immer Grasfresser zu uns, die verstehn unsere Lebensweise nicht. Da haben wir uns schon dran gewöhnt, das macht uns nichts mehr aus.
Sie gingen die Treppe wieder hinunter und Klara fragte:
– Wie lang willst du denn bleiben?
Kupka gab keine Antwort, aber die Falk sagte rasch:
– Jetzt bist erst amal da.
– Wo habt ihr euch eigentlich kennengelernt?
Kupka sagte vage, er hätte die Adresse in der Schweiz bekommen, von Gesinnungsgenossen.
– Wir haben uns vor zwei Jahren in der Schweiz kennengelernt, sagte die Falk, bei Zimmermann auf dem Sommertreffen, wie wir da alle auf der Wiese am See gelegen sind, ein paar Tage und Nächte, und gesungen haben. Da war so a junger Mensch, der konnte Gitarre spielen. Das war *er*.
– Ach so, ach ja.
– Es waren noch keine Schulferien, erklärte die Falk, da hab ich die Klara nicht mitgebracht.

Klara sagte:
– Wir kommen ja hier auf dem Dorf sehr selten mit Gesinnungsgenossen zusammen.
Die Falk war schon unten, sie drehte sich zu den beiden auf der Treppe um und nahm Klara bei der Hand:
– Wir sind ja hier bloß zwei.
Kupka blieb.
Er wollte bei den Falks ein paar Tage Station machen, ehe er weiterzog ins Ruhrgebiet. Er sagte, er wollte zu polnischen Landsleuten, die könnten ihm dort Arbeit auf einer Zeche verschaffen, vielleicht könnte er auf der Zeche sogar als Schreiner arbeiten, was ja sein erlernter Beruf war.
Sie hatten ihm einfach eine Matratze in die Ecke ihres Schlafraums gelegt; es war ihnen selbstverständlich, daß er wie sie auf einer Matratze am Boden schlief, im gleichen Raum. Das entsprach ihrer Vorstellung vom einfachen, gesunden Leben. Betten benutzten sie nicht, das Bettgestell, das noch im Zimmer stand, war mit einer alten Pferdedecke bedeckt und wurde als Ablage benutzt.
Ehe sie einschliefen, sprachen sie noch miteinander. Sie sprachen darüber, was in der Welt schlecht war und wie einfach man es ändern könnte, wenn die Menschen sich entschließen würden, bei sich selber anzufangen. So wie es jetzt stünde, sei jeder des anderen Feind, das sei eben das eigentliche Gesetz des Kapitalismus. Und die Kommunisten behaupten, sagte die Falk, daß es keine individuellen Lösun-

gen gibt; wenn ein Fabrikbesitzer zum Beispiel sich hinstellt und sagt: Ich verschenke meine Fabrik an die Arbeiter, dann nützt das überhaupt nichts. Aber wir sagen, auf den einzelnen kommts grad an, auf *uns* kommts an. Sozialismus und Erneuerung des Lebens ist zu allen Zeiten möglich, wenn eine genügende Anzahl von Menschen sie will, da brauchts keine ökonomischen Gesetzmäßigkeiten, wollen muß man! Beim einzelnen muß es anfangen. Manchmal sagte Kupka: Das muß ich mir aufschreiben. Am nächsten Tag saß er dann auch am Küchentisch und schrieb sorgfältig und lange in sein schwarzes Wachstuchheft. Die Falk sagte, ich brauch immer jemand zum Reden. Wenn ich niemand zum Reden hab, dann schlafen die Gedanken ein. Allein kann ich nicht denken. Und mit der Klara, mit der Klara hab ich ja schon so viel geredet, die will mir gar nicht mehr zuhören.

– Aber Mutter! rief Klara erschrocken.

In der nächsten Woche war es noch einmal winterlich kalt.
– Wir haben immer noch Sachen vom Onkel oben in der Kammer, da kann der Herbert was davon anziehen, da braucht er nicht frieren. Sie fanden den alten pelzgefütterten Mantel des Onkels und Kupka nahm ihn an sich. Er fand sich nicht gleich darin zurecht, als er hineinschlüpfen wollte; er tastete sich mit seinen langen Händen zögernd hinein in das dunkle Gebirge von Stoff und Fell, rollte mit den Schultern, machte den Rücken krumm und wieder gerade, um sich in dem ungewohnten Kleidungsstück einzurichten. Die Falk war tief in den Schrank gebeugt und wühlte immer neue Sachen heraus, sie achtete gar nicht auf Kupka. Klara aber sah ihn da stehen, den dünnen jungen Menschen in dem riesigen schwarzen Mantel, der ihm fast bis auf die Füße hing, wie er mit den Armen ruderte, um mit den Händen unten aus den Ärmeln herauszukommen. Er sah aus wie eine Vogelscheuche auf dem Feld, und sie mußte kichern. Erschreckt legte sie die Hand an den Mund, um es zu verbergen, Kupka hatte es aber schon bemerkt, er warf ihr einen wütenden Blick zu:
– Ich brauch keinen Mantel!
Die Falk rief vom Schrank herüber:
– Das meiste haben wir schon verschenkt.
Kupka schrie:
– Ich will nichts geschenkt!
Die Falk sagte verwundert:

– Du brauchst ihn ja nicht zu nehmen!, drehte sich herum und sah, wie er wütend an dem Mantel zerrte, um wieder herauszukommen.
– Was hast du denn? Warum bist du denn so mißtrauisch?

Er suchte Arbeit, oder er suchte sie eigentlich nicht. Die Einheimischen mußten in dieser Zeit selber sehen, wie sie leben konnten. In den Schieferbrüchen, im Kieswerk Kößwaldt und in der Merz-Fabrik waren Arbeiter entlassen worden. Manche versuchten es mit Heimarbeit für die Spielzeugindustrie. Bis in die Nacht saßen die Familien über den Tierstimmen und Puppenaugen, und die Frauen trugen auf ihrem Rücken am Morgen die vollen Körbe in die Stadt. Kupka trieb sich in der Gegend herum. Er saß unten in der Kiesgrube und warf Steine in das Wasser. Der Spitz kläffte, gleich darauf tauchte oben am Rand der Grube der runde Kopf von Herrn Kößwaldt auf, er schrie:
– Was suchstn du da unten?
– Ich such Arbeit! schrie Kupka hinauf.
– Was suchstn du die da unten? Warum kommstn du nicht in mein Büro?
– Ich kann ja auch ins Büro kommen.
– Jetzt komm amal rauf, du hast da unten überhaupt nichts zum suchen!
Kupka klopfte sich den Dreck von der Hose und

kletterte, während der Spitz unaufhörlich zu ihm herunterkläffte, durch das Kiesgeröll, das bei jedem Tritt unter seinen Füßen nachgab und wegrutschte, zu Herrn Kößwaldt hinauf.
– Wirds bald!
Jetzt standen sie sich gegenüber und sahen sich an. Der Spitz kläffte, Herr Kößwaldt schlug mit dem Stöckchen nach ihm, der Spitz duckte sich, das Gekläff ging in ein wütendes Knurren und Fauchen über.
– Ghörst du zu die Falks?
Kupka sah Kößwaldt an, sagte nicht ja und nicht nein.
– Bist du auch so a Grasfresser? Oder bist du überhaupt a Kommunist?
Kupka rührte sich nicht. Herr Kößwaldt musterte ihn, sagte:
– Arbeit hätt ich selber gern. Arbeit hammer kanna. Ned amal Heimarbeit werst krieng.
Kupka bückte sich nach einem Halm, riß ihn ab.
– Du wärst besser gebliem von wo du herkommst, wo kommstn du überhaupt her?

Kupka wachte nachts auf und konnte nicht wieder einschlafen. Da stand er lautlos auf, ging aus seiner dunklen Matratzenecke zum Fenster hinüber, das vom Mondlicht hell war.
Die Falk wurde wach, richtete sich auf und sah

stumm zu ihm hin. Draußen ging der Wind, am Haus klapperten ein paar Schieferplatten und die Laterne über der Straße schwankte so an ihrem Draht hin und her, daß Kupkas Schatten auf der hellen Rückwand des Zimmers mitschwankte, zum Schrank hinüberrutschte, im Halbdunkel am Kleiderständer sich auflöste und dann wieder zurückglitt. Die Falk rührte sich nicht, aber Kupka spürte wohl, daß aus der Tiefe des dunklen Zimmers ihr Blick auf ihn gerichtet war.

– Meine Gedanken sind unruhig, sagte er, da muß ich aufstehen und hinaussehen.

– Willst du fort?

Kupka schwieg.

– Willst du fort, weil du keine Arbeit findest?

Und nach einiger Zeit:

– Im Ruhrgebiet findest du vielleicht auch keine.

– Ich hätte schon noch ein paar Adressen im Ruhrgebiet.

Dann sprachen sie lange nicht, und dann sagte die Falk:

– Du kannst auch dableiben.

Die Scheune gegenüber und die anderen Häuser lagen draußen im Mondlicht beieinander wie große schwarzglänzende Schuppentiere.

– Bis Ostern vielleicht, sagte Kupka.

Die Falk beugte sich über Klara und sah sie prüfend an. Sie lag mit abgewandtem Gesicht da, sie hatte die Augen geschlossen und schien zu schlafen. Es war der Falk recht, daß ihre Tochter das Gespräch nicht gehört hatte, aber vielleicht stellte sich Klara nur schlafend.

– Wir müssen zusammenhalten, sagte die Falk jetzt, als ob sie das vorherige Gespräch rechtfertigen müßte, wir haben die gleiche Gesinnung, wir müssen uns gegenseitig helfen.

Seit Kupka da war, beobachteten die Leute im Ort die Falks mit besonderer Neugier. Was im Haus vor sich ging, konnten sie nicht in Erfahrung bringen; außer dem Briefträger, der ab und zu einen Blick in den Hausflur werfen konnte, wenn er ihnen die abonnierten reformerischen Zeitschriften brachte, und dem Arbeiter Gebhard, mit dem die Falk manchmal in der Küche über den wahren und den falschen Kommunismus stritt, kam niemand hinein. Klaras Schulkinder, die sie jeden Tag nach Hause begleiteten, um abwechselnd ihre Mappe zu tragen, blieben jetzt länger als früher an der Haustür stehen, wenn Klara schon hineingegangen war. Sie hofften, daß irgend etwas sich am Fenster zeigte oder daß wenigstens Geräusche oder Stimmen etwas von dem Leben dort drinnen ahnen ließen.

Man sah sie manchmal zusammen arbeiten. In dem kleinen Gemüsegarten am Haus jäteten Klara und

ihre Mutter Unkraut, Kupka reparierte den Zaun. Der Metzgerfrieder zeigte sich, blieb eine Weile auf der anderen Straßenseite stehen, verschränkte die Arme und zog dann mit ein paar anderen Burschen, die ihn anrempelten, weiter. Herr Kößwaldt rief gut gelaunt:
– Die Heilslehre wächst! Jetzt seid ihr ja schon drei!
Die Falk reagierte nicht auf solche Anspielungen, auch Kupka blieb bei seiner Arbeit ohne aufzusehen. Nur Klara richtete sich auf und nickte zu Herrn Kößwaldt hinüber.
– Allerhand! rief Herr Kößwaldt. Er pfiff seinem Spitz und stolzierte weiter. Unten an der Ecke erwischte er einen Jungen am Kragen.
Abends saßen die drei auf der Bank am Haus. Kupka nahm Klaras Gitarre, auf der sie die Lieder geübt hatte, die sie morgen mit den Kindern in der Schule singen wollte. Er konnte polnische Lieder spielen, Tanzlieder und traurige Lieder, die beiden Frauen hörten zu. Drüben auf dem Hügel standen die Nachbarinnen und sahen herunter in den Hof, und hinter dem Zaun kicherten die Kinder.
Die Falk sah Kupka an:
– Du könntest doch sicher so a einfachs Haus zimmern, du bist doch Schreiner.
– Was für ein Haus denn? fragte Klara.
– Na ja, so eine Hütte auf unserm Grundstück draußen.
– Ach so, ach ja.

IMI geht's
mal so schnell!
ÄMP
ÜR
GLEICH

Für jeden

– So a einfachs Haus, wie man eigentlich wohnen müßt.
Klara nickte ernsthaft:
– Baue dein Haus nach den Bedürfnissen deines Leibes und deines Geistes.
– Ja, das mein ich! Nicht so einen geistlosen Kasten, bloß das wirklich Nötige, bloß was der Mensch wirklich braucht.
– Und obendrauf ein Auge! sagte Kupka, er malte es mit seinem langen Finger in die Luft. Klara lachte, alle drei waren in fröhlicher Stimmung.
– Was es hier bloß zu sehen gibt, sagte die Falk plötzlich ärgerlich. Was glotzen die Leut denn immer her! Komm, Klara! Sie stand auf und ging ins Haus. Aber Klara wollte nicht mit ins Haus gehen, sie wollte noch eine Weile neben Kupka sitzen.
Vielleicht spielte er noch eins von seinen polnischen Liedern.
– Ich weiß gar nicht, warum sich Mutter auf einmal so ärgert. Die Leute sind doch immer neugierig mit uns, und ihr macht es sonst nie etwas aus, nur mich stört es manchmal, und dann sagt sie immer: Laß sie doch rüberschaun, wir tun nichts Unrechtes.

Kupka schrieb in sein schwarzes Heft:
Wozu brauche ich mein Haus?
Darunter setzte er:
Ich atme

ich esse
ich lege Vorräte an
ich koche
ich spare Zeit
ich bin nackt
ich reinige mich
ich schlafe
ich baue mein geistiges Haus
ich teile die Zeit ein
ich bin Teil des Raumes
Ganz zum Schluß setzte er noch darunter:
Ich lache.
Er zeigte es der Falk, als sie nachmittags, nach dem Strickunterricht, nach Hause kam und sich neben ihn an den Küchentisch setzte.
Die Falk sagte:
– Du lachst doch nie!
Und darüber lachten sie beide.

Sie fingen an zu planen und darüber zu reden, wie ein Haus beschaffen sein müßte, so als würde zum ersten Mal ein Menschenhaus gebaut. Sie wollten nicht eine Treppe, eine Tür, ein Dach, eine Wand zimmern, nur weil es so üblich war und seit tausend Jahren niemand mehr darüber nachdachte. Sie wollten über alles von Anfang an nachdenken. Sie redeten darüber, ob eine Treppe wirklich nötig war und was sie bedeutete. Eine Treppe bedeutete bequemes Schreiten: wie viele Abbildungen gab es, auf denen erlauchte Personen breite Treppen herabschritten, Revuestars und Könige standen auf Treppen, Treppenhäuser bedeuteten Repräsentation und Macht über andere Menschen. Sie entschieden sich für eine Sprossenleiter, sie war das einfachste Gerät, um hinauf und hinunter zu steigen. Warum mußte ein Haus Ecken haben? Konnte es nicht rund sein wie ein Vogelnest? Sie wollten ihr Haus rund bauen, auf dem Grundriß eines Oktogons, und innen sollte in dem einzigen Raum auch ein runder Tisch stehen, an dem niemand einen bevorzugten Platz einnehmen konnte. Wo sollten Fenster hin und wozu waren sie nütze? Fenster rahmten die Bilder der Landschaft draußen ein, die schwarzen Buckel der Waldberge jenseits des Tales, den Wiesenhang mit dem geschlängelten Weg, der sich teilte, wo die Felder anfingen, das grünverschleierte Birkenwäldchen im Grund, die kahle Kuppe mit den zwei merkwürdig aneinander gelehnten Fichtenbäumen, das große Brachfeld, in das der Pflüger neue Linien schnitt. Das sollten die Bilder sein, die sie ansehen wollten. Kunstbilder brauchte der Mensch nicht. Auch das Dach sollte eigentlich ein Fenster sein, denn sie wollten den Himmel über sich sehen, der ihnen Licht und die Freude am Leben gab. Auf jeden Fall sollte das Haus ganz anders aussehen als alle anderen, die sie kannten. Sie stellten sich auch vor, daß es schön und für ihre gedankenlosen Mitmenschen nützlich wäre, wenn es durch seine äußere Gestalt in der Landschaft wie ein Zeichen wirkte dafür, daß jeder Mensch, wenn er nur wollte, aus eigener Kraft zu einem freieren Leben finden konnte.

– Wie ist denn dein früheres Leben gewesen?
Die Falk lachte über Kupkas Frage und antwortete:
– Das hat mich noch nie jemand gefragt, bloß die Polizei.
– Ach, Mutter! rief Klara, weil ihr das Thema peinlich war.
– Ja, die Polizei! Die haben mir schon öfters was anhängen wollen. Einmal in der Schweiz bei einem Treffen, weil man nicht nackt sein darf, und einmal, 1917, weil wir gegen den Krieg waren, und vor kurzem wieder, weil sie sagen, ich darf keine Wolle für die Strickstunde an die Kinder verkaufen.
Klara sagte schnell:
– Mutter hat aber recht bekommen, sie ist nicht bestraft worden.
Die Falk winkte ab:
– Es kommt schon wieder was eines Tages. Man darf bloß keine Angst haben.
– Ja, nickte Klara zu Kupka hin, der am Tisch saß und die beiden Frauen genau beobachtete.
– Mir hat früher niemand was beigebracht, ich hab mir alles selber beibringen müssen, sagte die Falk. Ich war bloß so a dürrs Ding, da sagen die Leut im

Dorf, aus der wird nichts. So sind ja die dummen Leut, das sind ihre Sprüch. Und wenn man dann nicht fortgeht, dann wird auch nichts aus einem. Der Onkel, sagte die Falk, hat überhaupt nie ein Wort mit mir geredet. Erst wie ich am Bodensee in Stellung war, da hat zum ersten Mal jemand mit mir geredet. Mit vierzehn bin ich ja fort vom Onkel. Die haben mir dort auch Bücher zum Lesen gegeben ... wie man leben soll. Wenn mir niemand die Bücher gegeben hätt, dann wüßt ich vielleicht heut noch nichts ... Man muß jemand haben, ders einem sagt am Anfang ... nachher kann man selber weitermachen. Den Leuten im Dorf, sagte die Falk, hat nie einer was gesagt, drum sind sie so. Nur mit den Kindern kann man reden. Klara nickte eifrig:

– Ja! Kinder sind noch innerlich gut!

– Und mit denen red ich auch, wenn sie in meine Strickstunde kommen.

Da fiel Klara etwas ein.

– Die Herta kann nicht mehr kommen, Mutter, ihre Tante zahlt es nicht mehr, hat sie mir heute ausgerichtet. – Und zu Kupka gewandt erklärte sie:

– Manche lassen ihre Kinder nicht zu meiner Mutter, die vierzig Pfennig sind ihnen zuviel.

– Nein, nein, die sagen, ich hetz sie auf! sagte die Falk schnell. Die Herta kann umsonst kommen, die Grümmers-Marie wollte sie ja noch nicht einmal in die Schul schicken, und dann heißt es, sie ist blöd im

Kopf, sie kann nicht lesen und schreiben. Immer bloß rumgestoßen und überallhin zum Arbeiten geschickt und die Tante bringt ihr nichts bei. Der gehts, wies mir gangen ist, früher!
– Du? lachte Klara. Du hast doch immer deinen klaren Willen gehabt!

Sie rissen den alten Schuppen hinter dem Haus ein und verwendeten die Bretter, auch ein paar neue Bretter fanden sich noch, und man sah Kupka täglich den Handwagen mit Brettern und Werkzeug durch den Ort ziehen, an der Wirtschaft Dreiherrenstein vorbei, den Kiesweg hinauf zum Waldrand und auf den Hügel, der den Falks gehörte.
Am Dreiherrenstein blieb er stehn, rief in die Toreinfahrt:
– Eine Brause! setzte sich auf die Bank vor der Wirtschaft und wartete, bis der Metzgerfrieder mit dem Glas herauskam und es ihm auf den Tisch stellte. Der Metzgerfrieder war neugierig, blieb in der Toreinfahrt stehen. Kupka holte aus dem Brotbeutel eine Landkarte und tat so, als studiere er sie.
– Da war ich schon, sagte er.
Er zeigte mit seinem Finger auf die Landkarte. Der Metzgerfrieder antwortete nichts, rückte aber ein Stück näher.
– Osnabrück! Und da ist Posen.
Der Metzgerfrieder fragte:

– Zu wem ghörstn du?
Kupka sah ihn an.
– . . . zu der Jungen oder zu der Alten?
– Ich bin ein freier Mensch, sagte Kupka, ich gehöre zu niemand.
– Ham die dir aa a Madradzn hingeleechd? Die schlofn doch aufm blankn Boden.
– Das ist gesund, das ist erwiesen.
– Geh zu, erwiesen! Wo fährsdn du no mit deina Bredder?
Kupka gab keine Antwort, legte den Groschen auf den Tisch und ging zu seinem Wagen, um sich den Gurt über die Schulter zu legen.
– Gell, ihr baud euch an Tempel hab ich scho ghörd?
Nun kam Kupka noch einmal zurück und fragte:
– Du kommst doch jede Woche in die Stadt. Ich hätte ein Angebot für dich. Ein Geschäft.
– So? sagte der Metzgerfrieder mit hochgezogener Oberlippe.
– Bei Gelegenheit.
Der Metzgerfrieder stand in der Toreinfahrt und rührte sich nicht. Als der Wagen anfuhr, rief er Kupka nach:
– Wern mer scho seng!

Meistens arbeitete Kupka allein oben an der Hütte. Manchmal kam die Falk dazu, um zu helfen, auch

Klara, wenn sie am späten Nachmittag mit dem Korrigieren fertig war. Dann sägten die Frauen die Bretter, Kupka kletterte in dem Balkengerippe herum, nagelte und fugte die Bretter und pfiff.
Man konnte nun allmählich sehen, daß es nicht ein Tempel wurde, wie die Leute im Dorf spotteten, und von den kühnen Vorstellungen, die sich die Falks von dem Bauwerk anfangs gemacht hatten, war, als das Balkengerüst stand, wenig zu sehen. Sie hatten eine Vision gehabt, die zu allgemein war und die sie jetzt, als sie die Hütte wirklich bauten, mit den Balken und Brettern und Türstöcken und alten Fenstern nicht ausdrücken konnten, ihre Vision nahm keine Gestalt an. Und ein Vorbild, nach dem sie hätten bauen können, kannten sie nicht. Ihre Umwelt, alles was sie kannten, jedes Haus, jedes Zimmer, jeder Schuppen, jeder Tisch, jeder Kasten, alles was gebaut war, bestand aus Rechtecken, darüber konnten sie nicht hinauskommen, wenn sie sich auch nach etwas anderem, Kühnerem, Neuem, das noch niemand erblickt hatte, sehnten. Das Rechteck besiegte ihre Phantasie. So war das Haus, das schließlich dastand, eigentlich eine ganz gewöhnliche Hütte. Das einzige Ungewöhnliche daran war, daß Kupka oben an der Vorderwand sechs Kellerfenster so im Halbkreis aneinandergefügt hatte, daß es von weitem so aussah, als blicke ein großes aufgerissenes Auge in die Landschaft.

Die Falk kletterte die Leiter hinauf, sie standen da oben, er lehnte seinen Kopf an ihre Schulter.
– Geh zu, lachte sie, ich bin doch nicht deine Mutter! Sie wehrte ihn ab. Klara, die bei dem Sägebock geblieben war und allein mit der Ziehsäge nicht zurechtkam, lief um die Bretterwand herum, sah die beiden da oben stehen. Plötzlich stieg eine Gereiztheit in ihr auf, und um die beiden in ihrer Eintracht zu stören, rief sie:
– Der Herbert muß sich polizeilich melden, die zeigen ihn sonst an, hat der Gebhard gesagt.
– Vier Wochen, das gilt doch als Besuch! lachte die Falk. Sie kletterte die Leiter herunter und fing wieder an, mit ihrer Tochter die Bretter zu sägen. Kupka sah ihnen zu und rief:
– Meine Papiere sind in Ordnung!
Es war aber doch eine fröhliche Zeit für alle drei. Sie waren froh, daß ihre Hütte da oben auf dem Hügel stand wie auf der Weltkugel, nicht in einer Mulde wie ihr Haus im Dorf, wo die Leute von oben in den Hof hineinsehen konnten. Für die Falk war es wie ein neuer Anfang. Sie fühlten sich da oben wie Auswanderer, wie Siedler in einer neuen Welt. Es war Frühling. Als die Hütte fertig war – nur das Dach fehlte noch, über dem Bauwerk blähte sich eine Wagenplane –, saß Kupka auf dem Sägebock und spielte einen Tanz und sang dazu, Klara tanzte mit ausgebreiteten Armen auf der Wiese, sie drehte sich und nahm ihre Mutter, die

stumm dabeistand, bei den Händen und wirbelte sie herum. Die Mutter lachte und gab es wieder auf, sie konnte nicht tanzen, aber Klara tanzte noch lange allein weiter, sie mochte nicht aufhören. Kupka mußte immer wieder das gleiche Lied spielen und dazu pfeifen, bis es dunkel wurde und sie das Fahrrad nahmen und hinunter in das schwarze Dorf nach Hause gingen.

Den Sommer über verbrachte Kupka ganze Tage bei der Hütte, blieb auch manchmal, als die heißen Tage waren, in der Nacht oben. Da lag er auf dem Dach, nackt unter der Pferdedecke, bis der Himmel weiß wurde und die Vögel schrien. Dann lief er zum Wald hinüber und stromerte dort herum. Dem Gendarm Gensler war zu Ohren gekommen, daß er Schlingen legte, für Hasen, aber das war nur ein Gerücht, beweisen konnte es niemand, niemand hatte eine Schlinge entdeckt. Herr Kößwaldt erschien manchmal drüben bei dem Birkenwäldchen und richtete seinen Feldstecher auf die Hütte und auf Kupka, der, wenn er ihn bemerkte, seine Mütze vom Kopf riß und schwenkte, um ihn zu ärgern. Zur Himbeerzeit tauchten Kinder auf mit Blechtöpfen, sie schwärmten im Unterholz herum, um Beeren zu pflücken. Einmal war Kupka im Gras vor der Hütte eingeschlafen, da schlichen sie heran und schlugen plötzlich mit Steinen auf ihre Töpfe, so daß er zu Tod erschrocken hochfuhr. Sie liefen weg, er schrie ihnen polnische Flüche nach. Die Falk kam nachmittags, über Nacht blieb sie nie. Zuweilen holte Kupka sie auch in den Nachbardörfern von den Strickstunden ab; dann wartete er am Ortsausgang, bis sie mit ihrem Korb aus dem Schulgebäude oder aus der Wirtschaft, wo sie im Nebenzimmer den Kindern Strickstunde gab, herauskam, und dann schoben sie zusammen das Fahrrad nach Hause. Dabei mieden sie die Dörfer, vermieden es auch, an den Wiesen vorbeizugehen, auf denen die Bauern das Heu einbrachten. Oft gingen sie den schmalen Weg am Fluß entlang nach Hause.

Wenn die Falk in die Stadt fuhr, um Wolle einzukaufen, brachte sie Broschüren oder ein Buch mit, das sie vorher beim Buchhändler bestellt hatte, politische Abhandlungen, auf die sie durch eine Anzeige in ihren Zeitungen aufmerksam gemacht worden war, oder Biographien von Persönlichkeiten, die sie interessierten, auch Gedichte; Romane verabscheute sie, sie sagte, sie seien gelogen. Sie las Kupka vor:

– Ich höre den Arbeiter singen und singen des Farmers Weib,
ich höre fern die Stimmen von Kindern und Tieren am Morgen früh,
ich höre Geschrei von Australiern im Eifer der wilden Pferdejagd,
ich höre feurige Freiheitslieder von Frankreich her,

ich höre melodisches Rezitativ von alten Gesängen des italienischen Schiffers,
ich höre die Heuschrecken Syriens, wie sie Weizen und Wiesen mit Schauern schrecklicher Wolken schlagen.

Sie las es mit ihrer barschen unmelodischen Stimme, kunstlos ohne irgendeine Betonung, so als ob sie die hochtrabenden Zeilen loswerden wollte, als ob sie ihr lästig oder peinlich wären, und sie sah dabei nicht zu Kupka hin, der neben ihr in der Hütte saß und an einem Stecken schnitzte.

– Ich lerne so viel von dir, sagte Kupka. Und während sie in dem Buch herumblätterte, als würde sie etwas suchen, setzte er hinzu:

– Ich habe viel von Frauen gelernt, kannst mir glauben.

Obwohl sie scheinbar gar nicht zuhörte, fuhr er unbeirrt fort:

– Aber natürlich nicht von den ganz jungen.

– Brauchst mir nicht schöntun, brummte sie, kannst auch so dableiben.

– Aber du bist die beste Frau! Er nahm ihre Hand, sie ließ es einen Augenblick geschehen, schob ihn dann weg.

– Du lügst ja!

Sie stand auf, war nun plötzlich verwirrt und unsicher. Wenn Klara da wäre, hätte er das nicht zu ihr gesagt; und wenn sie jetzt unten im Haus am Küchentisch säße, wie sonst, wäre sie nicht in dieser weichen Stimmung gewesen, die sie wehrlos machte. Hier oben fühlte sie sich weit weg von den Leuten, und auch von Klara.

Das Geschäft, von dem Kupka damals dem Metzgerfrieder eine Andeutung gemacht hatte, war bisher nicht zustande gekommen. Kupka kam nie mehr darauf zurück, selbst dann nicht, wenn sie sich zufällig allein trafen. Er schien es vergessen zu haben; und der Metzgerfrieder fragte nicht danach, obwohl er jedesmal, wenn er Kupka auf dem Weg zur Hütte draußen vorbeigehen sah oder wenn er abends hereinkam und an der Theke die Limonade kaufte, daran dachte. Er war neugierig und hätte gern gewußt, um was es sich handelte, aber das wollte er den Kupka auf keinen Fall merken lassen. So belauerten sie einander, taten dabei gleichgültig, es wartete jeder darauf, daß der andere davon anfing.
Der Metzgerfrieder stand mit blutiger Gummischürze in der Tür zur Schlachterkammer hinter der Wirtschaft. Niemand war zu sehen. Alle waren auf dem Feld, um das Heu vor dem Regen, der schon in einer schwarzen Wolke über dem Dorf hing, einzubringen. Kupka ließ seinen Handwagen stehen, sah sich einen Moment um, dann zog er eine Packung Eckstein-Zigaretten aus der Tasche, streckte sie dem Metzgerfrieder hin. Der Metzgerfrieder ließ sich Zeit. Er tauchte seine Hände in den Wassereimer

neben der Tür und wischte sie an den Ärmeln seiner Metzgerjacke ab, ließ sich Zeit, um ihn zu reizen. Kupka hielt ihm die ganze Zeit die Zigarettenschachtel hin. Der Metzgerfrieder zog endlich eine Zigarette heraus, und schon hatte Kupka ein Streichholz angezündet und gab ihm Feuer. Der Metzgerfrieder rauchte, Kupka sah ihm zu.
– Du raachsd ja gor ned, wos hosdn do Zigareddn dabei, wennsd gor ned raachsd?
– Na ja, sagte Kupka und zog die Zigarettenschachtel noch einmal heraus.
– Hier hast du! und gab dem Metzgerfrieder eine zweite Zigarette, die dieser unbeeindruckt in die Jackentasche steckte.
Kupka sagte:
– Ich habe auch ein Feuerzeug.
Er zeigte es ihm und schnappte ein paarmal die Flamme heraus.
– Aus einer Patrone!
Der Metzgerfrieder sah mit schiefgelegtem Kopf und zusammengekniffenen Augen das Geschoß an, aus dem die Flamme sprang.
– Du worsd doch gor nimmer im Griech dabei.
Kupka sagte nichts. Er ließ die Patrone im Licht schimmern.
– Dahindn in Polen oder von wo du herkommsd.
Schweigen.
– Und wie issn des jedzd mid der Falk und mid dir?
Kupka grinste, gab keine Antwort. In diesem

Augenblick erschien die Grümmers-Herta in der Küchentür zum Hof, sie schleppte einen schweren Putzeimer aus der Küche heraus und schwappte das graue Dreckwasser über den Hof. Kupka paßte es nicht, daß er hier von der Herta, der Blöden, mit dem Metzgerfrieder zusammen gesehen wurde. Sie war so oft bei ihnen im Haus, sie könnte der Falk etwas erzählen! Herta beachtete ihn aber gar nicht, sie grinste zum Metzgerfrieder hin. Der Metzgerfrieder hob ein Stück Holz auf und warf es in die Pfütze, daß das Wasser ihr die Beine und den Rock bespritzte. Sie rührte sich nicht, stand mit nassen Beinen da und grinste. Da verscheuchte er sie mit einer Handbewegung.

– Mit der mach ich, was ich will! sagte er dann großspurig zu Kupka, du waßd scho, was ich mein.

Kupka nickte. Er wollte aber jetzt die Rede endlich auf das Geschäft bringen, das er vorhatte.

– Ich habe was, das kannst du verkaufen.

– Wos?

– Das kannst du verkaufen, wenn du in die Stadt kommst.

– Wos soll ich denn verkaafn?

– Verdienst du gut! Laufend!

– Du hosd doch selber nix. Was willsdn du verkaafn!

Schweigen.

– Verkaafs doch selber, wennsd was zu verkaafn hosd.

– Ich kenne keine Menschen in der Stadt.
– So?
– Sehr gutes Geschäft für dich.
Schweigen.
– Des möchd ich wissn, wos du zu verkaafn hosd.
– Kannst du kommen und dir ansehen.
– Ich geh doch ned zu deina Falks!
– Nein.
– Zu euern Tempel da nauf?
– Nein, das ist extra.
– So?
– Kannst du an die Keller kommen.
– So?
– Heute abend. Dann zeige ich dir.

Als der Metzgerfrieder am Abend zu den Kellern am Wald kam – mit seinem Fahrradanhänger, wie sie es ausgemacht hatten –, war Kupka schon da. Er nahm ein paar Bretter von einem der verfallenen Eingänge weg und leuchtete mit seinem Feuerzeug in das dunkle Loch. Von dem Gewölbe waren Steinbrocken heruntergefallen. Auf den Steinen lag ein Brett und darauf ein Sack, und auf diesem Sack lagen, sorgfältig aufeinandergelegt, sechs tote Hasen.

So waren die beiden ins Geschäft gekommen: Kupka lieferte die Hasen, und der Metzgerfrieder nahm sie mit, wenn er jede Woche in die Stadt fuhr, und verkaufte sie dort. Kupka kam rasch dahinter, daß der Metzgerfrieder dabei viel mehr verdiente als er. Er konnte nichts dagegen machen, denn ohne den Metzgerfrieder hätte er die gewilderten Hasen nicht verkaufen können. Das wußte er. Deshalb tat er lieber so, als ob es ihm gleichgültig wäre:

– Du glaubst, du kannst mich betrügen mit dem Geld. Aber ich weiß, was du für die Hasen bekommst. Mich interessiert das nicht. Ich habe gesagt fünf Mark, mehr brauche ich nicht. Ich will nur, was ich brauche.

Der Metzgerfrieder, der auf einen Streit gefaßt war und schon den Mund aufgemacht hatte, um loszulegen, war so verblüfft, daß er nur herausbrachte:

– Du bisd a komischer Kopf!

Kupka hatte sich den Tisch zwischen die Salatbeete am Zaun gestellt, und da schrieb er mit langsamer Hand Worte und Sätze in sein schwarzes Wachstuchheft. Den ganzen Vormittag saß er da, wenn andere arbeiteten. Er geniert sich nicht einmal! Der Metzgerfrieder ließ seine Karre stehen und beugte sich über den Zaun.

– Gehsdn du wieder nei die Schul? fragte er. Gell, du machsd dei Schulzeuch?

Kupka richtete sich auf, er schien sogar stolz auf seine Schreiberei zu sein.

– Das Heft habe ich immer bei mir.

– Was schreibsdn da nei? Schreibsd an Liebesroman?
Als Kupka darauf nur überlegen lächelte, bohrte der Metzgerfrieder weiter.
– Ihr habd doch scho so viel Bücher, die Falk . . . und die Klara.
– Da schreib ich immer das Wichtigste auf. Wenn ich ein Buch lese, sagte Kupka, dann suche ich immer den Kern. Den schreib ich dann auf.
– Ich hab ka Zeit zum Bücherlesen.
Kupka zeigte auf sein Heft.
– Ich kann das alles auswendig.
– Stehd do aa wos über euern Kommunismus drin? fragte der Metzgerfrieder und beugte sich tiefer über den Zaun.
Kupka nickte.
– Und über die freie Liebe?
– Ja, antwortete Kupka, das ist alles in einem großen Zusammenhang.
– Jedzd möchd ich amal was wissn, von dir möchd ich jetzt amal was wissn: wenn ich jedzd aa bloß Bücherlesn däd, wer schlachd denn dann die Säu?
Kupka machte ein überlegenes Gesicht.
– Zuerst muß man einmal prüfen, was der Mensch überhaupt braucht . . . Was für Bedürfnisse der Mensch hat . . . und ob die Arbeit, die ein Mensch tut, überhaupt nötig ist. Danach muß man die Arbeit einteilen.
Der Metzgerfrieder hörte ihm mit offenem Mund zu,

dann nahm er die Deichsel seiner Karre wieder auf und schob sie weiter.
– Na ja, rief er, *ihr* brauchd ja ka Säu, ihr Grasfresser, aber die annern . . .!

Die Forstarbeiter waren im Wald, wochenlang hallten die Schläge über das Tal hin. Dem Geräusch nach mußten es viele sein, aber man sah die Männer fast nie, nur manchmal um die Mittagszeit tauchten drüben am Waldsaum ein paar auf. In dieser Zeit erschien auch häufiger Herr Kößwaldt, man konnte ihn an seinem Spitz erkennen, der wie ein weißes Bällchen vor dem Dunkelgrün hin und her schnellte. Einmal kamen zwei Männer herüber, um Wasser an der Pumpe zu holen, Kupka wechselte ein paar Worte mit ihnen. Sie waren nicht aus dem Dorf, die Falks kannten sie nicht.
Das ständige Geräusch und die unsichtbare Anwesenheit der Männer im Wald brachten eine unruhige Stimmung in ihre Tage an der Hütte. Kupka, wenn er allein war, strich noch öfter als sonst in den Wäldern umher, es zog ihn zu den Holzfällern. Wenn er bis zu ihnen hinkam, zeigte er sich aber nicht, blieb im Gebüsch stehen und sah den Männern mit den Äxten und Sägen zu. Er wartete stundenlang, bis einer der durchgeschlagenen Bäume sich endlich zu neigen begann, dann krachend und rauschend durch das Astwerk der anderen Bäume brach, dann am Boden lag.

Die Falk wartete auf ihn in der Hütte, sie wurde unruhig, wenn er so lange weg war.
– Was machst du denn so lang bei den Holzfällern?
– Habe zugesehn.
– Was ist denn da zu sehn, da ist doch nix zu sehn.
– Du willst mich einsperren bei dir!
Er grinste dabei.
– Dummer Kerl, du kannst doch hingehen, wo du willst, du bist doch frei, du kannst auch fortgehn, wenn du willst!
– Ich will nicht fortgehen, sagte er. Er umarmte sie:
– Ich will bei dir bleiben.
Klara war gerade draußen, um Bohnen zu pflücken.

Auf der anderen Seite des Hügels hörte man die Axtschläge der Holzfäller nicht mehr.
Die Falk und Kupka waren über den Hügel gekommen, und nun war es hier ganz still. Die Falk sammelte Tannenzapfen in ihre Schürze, sie richtete sich auf und sah, daß Kupka bei dem Sack stehengeblieben war.
– Komm nur her, warum gehst du denn nicht weiter!
Er kam aber nicht. Da ging sie hin, um die Tannenzapfen aus der Schürze in den Sack zu schütten. Kupka hielt den Sack nicht auf. Die Falk sah ihn an und wartete darauf, daß er ihr helfen würde. Aber er packte sie an den Armen und schüttelte sie lang und immer heftiger, so daß sie die Schürze losließ und die

Tannenzapfen alle auf den Boden fielen. Er schüttelte sie, als ob er nie mehr aufhören würde, sie zu schütteln, er stieß dabei gurgelnde Laute aus wie jemand, der etwas sagen will und nicht sprechen kann. Sie bekam Angst, es fiel ihr nicht ein, sich zu wehren. Als er sie plötzlich losließ, mußte sie sich niedersetzen, wußte nichts, konnte nichts mehr denken. Er preßte ihre Schultern auf den Waldboden, und er legte sich auf sie. Der nadelige Boden drückte sich an den Schenkeln in die Haut, eine Beerenstaude stach ihr in die Backe, als sie das Gesicht drehte. Die Kleider verrutscht, beengend, das Stoßen in ihren Leib, ein klammernder Griff an der Schulter, der plötzlich nachließ. Dann lag sie ruhig da, und sie sah die Bäume hoch über sich. Sie drehte den Kopf, sah Kupka neben sich liegen, mit dem Gesicht im Laub. Wieviel Zeit war vergangen? Sie hörte plötzlich auch das gewaltige Rauschen der Bäume, sie war zufrieden mit dem, was geschehen war. So hatte es wohl kommen müssen, sie hatte es sich nur die ganze Zeit nicht eingestehen wollen.
Kupka stand auf, schob sich den Hosenträger hoch und knöpfte die Hose zu. Wollte er weggehen? Er ging um die Frau, die immer noch regungslos am Boden lag, im Kreis herum wie um eine Beute. Dann kniete er sich neben sie hin und zupfte alle Nadeln und Blätter ab, die auf der feuchten Haut an ihren Beinen klebten. Er tat es sehr sorgfältig, mit einem ernsten Gesicht. Die Falk sah ihn immerzu an. Er

schob ihr den Schlüpfer, der zusammengedreht an einem Fuß hing, wieder hoch und zog ihr den Rock über die Beine und strich ihn vorsichtig glatt. Dann streichelte er ihr Gesicht.

An der Hütte wartete Klara auf sie. Die Falk sah sie auf der Bank an der Hüttenwand in der Abendsonne sitzen. Sie ließ den Sack fallen, den sie und Kupka getragen hatten. Kupka ging in die Hütte hinein und schüttete die Tannenzapfen in die Kiste am Ofen.
– Sitzt du schon lang da?
– Eine halbe Stunde vielleicht, ich habe euch schon kommen sehen.
Die Falk setzte sich an das andere Ende der Bank.
– Eigentlich wollte ich euch suchen, fuhr Klara fort, aber dann war es so schön hier oben. Ich habe meine Hände in die Sonne gehalten.
Die Falk warf ihrer Tochter einen prüfenden Blick zu. Nein, Klara hatte wohl nichts gemerkt. Da sitzt sie mit dem milden Lächeln auf dem Gesicht und hält die Hände offen. Wie selbstgerecht! Sie ärgerte sich über ihre Tochter.
– Klara friert immer, sagte sie zu Kupka hin, der inzwischen das Hemd ausgezogen hatte und sich an der Regentonne wusch.
Klara sagte:
– Ich habe mir ein Jäckchen mitgenommen, das kann ich dann anziehen.

– Du läßt zu wenig Luft und Sonne an deinen Körper! sagte die Falk in gereiztem Ton. Klara überhörte es und erzählte, was sie in der Schule erlebt hatte. Sie hatte mit den Kindern das Lied für die Erntedankfeier geübt; in der Pause war Lehrer Volkmann auf sie zugekommen und hatte ihr erzählt, daß es gestern im Dreiherrenstein fast eine Schlägerei gegeben hätte, weil Gebhard sein KPD-Abzeichen getragen hatte; sie hatte Volkmann aber nicht den Gefallen getan, mit ihm darüber zu streiten; die Grümmers-Marie hat jetzt Heimarbeit bekommen, Puppenaugen, da hat sie einen Grund, der Herta endgültig die Strickstunde zu verbieten, der Briefträger hat eine Ansichtskarte von Zimmermanns an die Haustür gesteckt, das Seeufer bei Ascona mit einem Kreuzchen an der Stelle, wo sie sich damals getroffen hatten. War nicht Ida Hoffmann dabeigewesen? Ja, ja. In der Roten Fahne ist ein Artikel erschienen über die Beziehungen der Nationalsozialisten zum rheinischen Großkapital; das blaue Milchkännchen mit den weißen Punkten ist ihr kaputtgegangen, nein, das kleinere. Die alte Frau Kößwaldt ist wieder mal mit Federhut an der Postautohaltestelle erschienen und hat zum Chauffeur gesagt, er soll die Fahrgäste absetzen und sie gefälligst nach Berlin bringen; die Häuser im oberen Dorf werden jetzt auch an die Wasserleitung angeschlossen, die Straße muß bis zur Fabriksiedlung aufgegraben werden. Einem Arbeiter von den Schieferbrüchen ist von einer

Wahrsagerin aus der Stadt eine schlechte Zukunft vorausgesagt worden, aus Verzweiflung darüber wollte sich der Mann vor den Zug werfen, unterwegs ist er aber gestolpert und hat sich den Fuß verzerrt, da ist er liegengeblieben und der Zug ist vorübergefahren. – Denk nur, Mutter! – Jaja. Jetzt sucht die Polizei die Wahrsagerin, sie soll bestraft werden.

Die Falk konnte sich bisher Glück nicht vorstellen als etwas, das nur mit ihr allein zu tun hatte. Glück mußte den Zustand der Gesellschaft oder wenigstens die Lebensumstände einer größeren Anzahl von Menschen betreffen, mit denen sie durch ihre Anschauungen verbunden war. Und Glück bedeutete für sie auch Zukunft. Nun aber merkte sie, daß ihre Beziehung zu Kupka keineswegs mit diesen Vorstellungen zu vereinbaren war. Sie wollte mit ihm allein sein; es war nicht nur wegen der Umarmungen und Berührungen, die sie jetzt vor anderen, vor allem auch vor Klara verbergen mußte, sondern weil sie mit ihm allein glücklicher war und freier war, sie konnte sich mitteilen, wie sie das in ihrem ganzen bisherigen Leben nie gekonnt hatte, denn sie war eine strenge Frau, ihre puritanische Grundhaltung schloß trotz Lebensreform, Nacktkultur und Naturverehrung jede Art von geistiger und körperlicher Intimität aus, besonders aber zwischen Mann und

Sidus

Frau. Was sie jetzt tat, hätte sie früher lächerlich gefunden. Oben auf dem Hügel in ihrer Hütte, wenn sie allein waren, oder wenn sie im Wald lagen, da lachten sie und erzählten sich, und Kupka kämmte ihr Haar, und sie steckte ihm Waldbeeren in den Mund. Das beglückte sie so sehr, daß es ihr nichts ausmachte, ob es lächerlich war oder nicht. Sie bemühte sich, ihm zu gefallen. Sie sah in den Spiegel und wollte sich das Haar anders frisieren, damit sie jünger und weniger streng aussah, aber wegen Klara ließ sie es sein und schlang wieder den gewohnten festen Knoten.

– Du hättest mich früher kennenlernen sollen, wie ich zwanzig war.

Kupka dachte einen Moment nach und sagte dann:

– Da war ich doch erst zwei!

Sie lachten darüber.

Sie verhielt sich zu Klara nicht anders als früher, gab sich sogar besondere Mühe mit ihr, aber all dies tat sie jetzt absichtlich, nicht weil ihr so zumute war, insofern verhielt sie sich doch anders: sie verstellte sich. Merkte Klara etwas?

Eines Tages rief Klara aus dem Nebenzimmer herüber:

– Wie war denn mein Vater?

Warum fragte sie? Sie hatte früher nie nach diesem Mann gefragt, es war in ihrem Zusammenleben noch

nie die Rede von ihm gewesen. Für sie hatte es immer nur die Mutter gegeben, sie saßen auf der Wiese mit Kränzen im Haar. Sie mochte sich wohl nicht vorstellen, daß es einen Mann gegeben hatte, einen Liebhaber, mit dem die Mutter in der Umarmung lag. Jetzt aber – Kupka war dabei – fragte sie plötzlich nach ihm.
– War er blond, oder hatte er schwarzes Haar wie Herbert?
– Was redest du da für a dumms Zeuch! Blond oder schwarz!
Und um die ganze Sache abzubiegen, rief die Falk:
– Der hat nix getaugt!

Kupka war munter. Wenn sie zu dritt waren, machte er manchmal Scherze mit Klara, er zog ihre Schürzenbänder auf, zum Spaß erschrak sie jedesmal übertrieben heftig. Die Spannung und Anziehung, die zwischen Kupka und ihrer Mutter entstanden war, hatte eine deutliche Wirkung auf sie, sie tauchte darin ein und schien darin unwissend ebenso glücklich zu sein wie die beiden.
Der Mutter fiel auf, daß Klara sich zierte und albern kicherte, wenn Kupka dabei war. Früher hätte sie eine bissige Bemerkung darüber gemacht, jetzt schwieg sie dazu. Sie dachte: *Ich* bins doch! Er meint dich doch gar nicht! Er meint doch mich! Er macht doch die Späße nur deshalb mit dir, weil er sie mit

mir nicht machen will, wenn du dabei bist! Wie einfältig von dir!
Klaras Einfalt ging ihr allmählich auf die Nerven.
Sie wollte sich jetzt nicht mehr nackt zeigen, wenn Kupka dabei war, obwohl sie alle drei von Anfang an nichts dabei gefunden hatten, sich nackt zu sehen.

(Die Schande hat uns bekleidet, die Ehre wird uns wieder nackt machen – das war ein Teil ihrer Lebensanschauung.)

– Ist es wegen Herbert?

– Nein, antwortete Klara und hielt sich nach dem Waschen wieder so lächerlich das Handtuch vor die Brust.

Da konnte sich die Falk nicht beherrschen und sagte:

– Der schaut dich sowieso nicht an!

Einmal, beim Marmeladeeinkochen, goß sich Klara am Herd den heißen Beerensaft über die Schürze. Sie drehte sich um und stand da mit einem großen blutroten Fleck auf der Schürze. Der dicke Saft lief bis zum Rocksaum hinunter und tropfte auf die Steinfliesen. Kupka grinste:

– Du siehst ja aus, wie wenn du blutest.

Sie schrie und sah dabei immerfort Kupka an, bis die Falk vom Tisch aufstand und ihr mit der Hand ins hysterisch verzückte Gesicht schlug. Gleich darauf stammelte sie erschrocken:

– Ich habe dich noch nie geschlagen, warum habe ich dich denn nur geschlagen? Sie zog Klara wie einem Kind das Kleid und die Schürze aus. Bis auf den Unterrock war der Saft durchgesickert. Nun saß Klara im Unterrock mit dem roten Fleck im Schoß jämmerlich auf dem Küchenstuhl, die Falk hockte

vor ihr auf dem Boden. Sie hielten sich umschlungen und weinten. Die Falk stammelte:
– Was sind wir für arme dumme Luder! Arme dumme Luder!
Klara flüsterte:
– Schick ihn doch fort!

Die Falk war bisher noch nie auf den Gedanken gekommen, daß Klara sich jemals von ihr trennen könnte. Klara gehörte zu ihr, sie saßen auf der Wiese mit Kränzen im Haar. Manchmal redeten sie über die Männer im Ort, wie sie sich als Bewerber aufführen würden, und sie lachten dann zusammen darüber. Es gab niemand, der ernstlich als Ehemann in Betracht gekommen wäre. Ein Bauernsohn oder ein Arbeiter wollte keine Lehrerin zur Frau. Und von den paar gebildeten Leuten in der Umgebung war nur Herr Kößwaldt Junggeselle. Aber Kößwaldt auf Freiersfüßen, wie komisch! Einmal hatte er Klara eingeladen, mit ihm in ein Konzertcafé nach Coburg zu fahren, Klara wäre vielleicht mitgegangen, aber sie merkte, daß ihre Mutter das lächerlich fand, und so schrieb sie Kößwaldt einen Entschuldigungsbrief in ihrer kindlichen Handschrift, den er später im Dreiherrenstein höhnisch herumzeigte. Sie schrieb, sie könnte nicht mit, weil sie beim Autofahren Kopfweh bekäme.
Nun sagte die Falk:

– Red doch ab und zu mal mit dem Kress. Er ist zwar nicht wie wir, aber er liest wenigstens manchmal ein Buch. Gib ihm doch mal den Landauer.
Klara sah ihre Mutter erstaunt an. Sie war Kress in der Schule bisher eher aus dem Weg gegangen, das wußte die Mutter. Er war in diesem Herbst erst an die Schule gekommen, es hieß, er sei strafversetzt worden wegen einer Affaire, über die niemand Genaueres wußte. Er trank ziemlich viel Schnaps und Bier. Abends saß er mit den Bauern, die er aber zugleich verachtete, im Dreiherrenstein; der Schneider Betz hatte ihn in der Stadt mit einer zweifelhaften Person gesehen, a Amüsiermadam, stark geschminkt: wie nei an Farbdopf gebollerd. Klara fürchtete Kress, weil er immer Scherze zu machen schien, die sie nicht verstand, sie wußte nicht einmal, ob es wirklich Scherze waren. Er stellte eine Frage, die sich, wenn sie sie ernsthaft beantwortet hatte, als Ulk herausstellte. Dann genierte sie sich, besonders wenn auf dem Schulhof oder im Lehrerzimmer ihre beiden anderen Kollegen, Volkmann und Schinder, die ihr ohnehin nicht gut gesonnen waren, Zeugen wurden. Kress fuhr mit dem Fahrrad dicht an ihr vorbei, zog übertrieben schwungvoll den Hut und sang: Ich küsse Ihre Hand, Madame. Dabei fiel er fast vom Rad, aber auch das Fallen war nur gespielt. Klara genierte sich, daß sie darauf hereingefallen war und ihm mit einem erschreckten Sprung hatte zu Hilfe kommen wollen. Nun bemühte sie sich aber

auf die wiederholte Aufforderung ihrer Mutter hin, Kress mit anderen Augen zu sehen. Man konnte ja Menschen nicht einfach so abtun. Er schien ihr jetzt auch weniger verwerflich zu sein, vielleicht war er ja ein Mensch, der in seinem Leben viel Unglück gehabt, von anderen, auf die er vertraut hatte, enttäuscht und deshalb zynisch geworden war. Aber ihm einfach das Landauer-Buch in die Hand zu drücken, wie die Mutter ihr gesagt hatte, wagte sie doch nicht. Sie nahm das Buch mit in ihr Zimmer und ließ es dort auf dem Tisch liegen. Sie ärgerte sich nun darüber, daß es so zerlesen aussah, sogar mit einem Fettfleck, und im Text waren einige Abschnitte dick blau unterstrichen. Was sollte Kress, wenn er das Buch in die Hand nahm, davon denken? So band sie das dünne Buch in blaues Papier ein, daß es aussah wie ein Schulbuch, und ließ es mittags im Lehrerzimmer auf dem Platz von Lehrer Kress liegen, damit er es fände.

– Sie haben Ihr Buch vergessen, Fräulein Klara, rief er ihr mittags nach.

– Ach ja, sagte sie und vermied es, ihn anzusehen. Wenn es Sie interessiert, können Sie es sehr gerne lesen.

– Ach so war das gemeint. Er grinste sie unverschämt an.

Nun war sie ganz hilflos.

– Ich glaube, es sind einige sehr wichtige Gedanken in dieser Abhandlung.

– Habe neugierigerweise schon reingeguckt. Na ja. Klara wußte nicht weiter, sie nahm das Buch wieder an sich.

Kupka versteckte das Geld, das er für die Hasen bekam, in ein Tuch eingeknüpft im Futter seines Brotbeutels. Er gab nichts davon aus. Er holte jede Woche zwei, drei, manchmal vier Hasen aus den Schlingen, die er an verschiedenen Stellen im Wald gelegt hatte. Es war nicht leicht, sie so aufzubewahren, daß die Falks sie nicht entdeckten. Bei den Kellern konnte er sie wegen der Ratten nicht lassen, so stopfte er sie manchmal in den Hohlraum unter der Dachschräge oder er nahm sie, wenn er mit dem Handwagen nach Hause fuhr, in einen Sack gewickelt mit und versteckte sie in einem Verschlag auf dem Speicher, wo selten jemand hinkam.
Aber eines Tages kam es doch heraus. Er war auf der Bank vor der Hütte in der Sonne eingeschlafen und hatte die Falk und Klara nicht kommen hören. Er wurde erst wach, als er die Stimmen der beiden in der Hütte drinnen hörte. Da fiel ihm ein, daß die zwei Hasen, die er am Morgen aus den Schlingen genommen hatte, noch immer auf dem Tisch drinnen lagen. Er ging nicht hinein, er lief um die Hütte herum, um zu überlegen. Schließlich machte er doch die Tür auf. Die beiden Frauen standen bei den Hasen am Tisch und drehten sich zu ihm um. Kupka sagte

trotzig: – Sonntagsbraten!, steckte die Hände in die Taschen und lehnte sich an die Wand.

– Bis jetzt hat keiner von uns Fleisch gegessen, antwortete die Falk bissig. Tu sie weg!

Er rührte sich aber nicht.

– Tu sie weg! schrie sie unbeherrscht und riß die beiden toten Tiere vom Tisch herunter und schleuderte sie hinter die Kiste am Ofen.

Klara sah die ganze Zeit starr, mit entsetzten Augen Kupka an.

– Da können sie auch nicht bleiben! sagte Kupka, ohne sich zu rühren. Da werden sie bald anfangen zu stinken.

Die Falk war nun ganz außer sich, schrie:

– Wildern und Schlingen legen! Und krumme Geschäfte machen! Das will ich nicht! Das will ich nicht!

– Ich kann sie ja draußen vergraben, Mutter, mischte sich Klara vorsichtig ein. Sie hatte ihre Mutter noch nie so wütend gesehen.

– Das kann ich selber, ich brauch euch alle nicht!

– Aber Mutter! fing Klara noch einmal an.

– Ich hab immer alles selber gemacht!

Sie zerrte die Hasen hinter der Kiste heraus und lief damit hinaus.

Klara und Kupka blieben wie zwei gescholtene Kinder in der Hütte zurück. Sie vermieden es, sich anzusehen. Klara setzte sich auf den Stuhl und legte ihre Stirn auf die Tischplatte.

– Ich kann doch gar nichts dafür! Ich habe doch gar nichts getan, wimmerte sie.
Kupka wollte sich drücken, er schob sich an der Wand entlang zur Tür und ging ins Freie.
Die Falk hatte drüben am Rand des kleinen Ackers angefangen, ein Loch für die Kadaver zu graben. Sie stieß wie eine Verrückte mit dem Spaten immer wieder in die Erde, um eine Wurzel durchzuschlagen, ein ganzes Geflecht von Wurzeln, das immer wieder nachgab, sie war viel zu aufgeregt, um damit fertig zu werden; sie warf den Spaten hin, kniete sich nieder, zerrte mit beiden Händen an den Wurzeln. Kupka sah, daß sie dabei die ganze Zeit redete und weinte. Schließlich gab sie es auf und hockte erschöpft neben dem Loch.
Da ging Kupka hin. Sie merkte, daß er hinter ihr stand, und fing wieder an, halblaut zu reden.
– Ich will nicht . . . daß du mich anlügst, ich will das nicht . . . ich will das nicht. Du hast mich angelogen . . . mich muß man nicht anlügen . . . Wir leben doch nicht so, daß man lügen muß.
Dabei fing sie wieder an, an den Wurzeln zu reißen, Kupka bückte sich und half ihr. So vergruben sie zusammen die toten Hasen.

Am Abend saßen sie zu dritt in der Hütte und waren fröhlich zusammen, auch Klara.
Die Falk sagte:

– Die warten nur alle darauf, daß sie uns was anhängen können. Das sind doch lauter Nazis im Dorf.
– Da hast du recht! Kupka nickte.
Die Falk sagte noch:
– Ich bin gleich immer so wütend, das ärgert mich selber. Und daß du mit dem Metzgerfrieder . . ., das ärgert mich auch!
Kupka holte die Gitarre und spielte.
Klara lachte:
– Ich war ganz erschrocken, als du so aufgeregt wurdest, aber jetzt ist es ja wieder schön.

Lehrer Kress, Klara.
– Ach, sagte Klara erschrocken, Sie werden wirklich versetzt?
Ja, antwortete Lehrer Kress mit ernstem Gesicht. An eine Hilfsschule. Die Schulverwaltung hat entdeckt, daß ich ein hervorragender Erzieher bin für mongoloide Idioten.
– So sollten Sie nicht reden. Dazu gehört doch eine so große Geduld, und ich weiß nicht, ob Sie so viel Geduld haben.
– Doch! Hab ich!
Klara sah verlegen zu Boden und sie schwiegen. Kress kostete ihre Verlegenheit aus.
– Es gibt doch immer mehr mongoloide Idioten. Sie vermehren sich rasend. Immer mehr Schwachsin-

nige und Idioten. Das ist schon bis zu unserer Regierung gedrungen.

Klara sah ihn unsicher an.

– Demnächst ist eine Debatte im Reichstag darüber, erklärte Kress. Klara lachte vorsichtig.

– Ach nein. Und ohne ihn anzusehen, sagte sie: Sie sind so spöttisch, aber ich glaube, im Grunde meinen Sie es gar nicht so.

– Aha!

– Vielleicht sind Sie sogar ernst und oft sehr traurig.

– Es tut Ihnen wohl leid, daß ich versetzt werde?

– Ach, lachte jetzt Klara, Sie werden ja gar nicht versetzt!

– Nee, Sie habens erfaßt! Sie sind eine große Psychologin. Ich wollte nur mal prüfen, ob Sie mir ne Träne nachweinen.

Er sagte das mit so treuherzigem Gesicht, daß sie Mut bekam und sagte:

– Ich hätte mich eigentlich gern manchmal mit Ihnen unterhalten.

Lehrer Kress sah sie neugierig abwartend an, sie wurde wieder unsicher, aber sie zwang sich nun weiterzureden:

– Aber ich denke, Sie wollen das gar nicht gern. Die meisten Leute hier im Ort sind doch gegen uns eingestellt. Hauptsächlich wegen meiner Mutter und wegen unserer Lebensanschauung, und ich weiß gar nicht, ob ich mich nicht manchmal mehr mit ihr darüber auseinandersetzen müßte.

– So? macht Kress mit hochgezogenen Augenbrauen.
Klara:
– Ja, ich meine.
– Aber das ist doch das richtige! Sauerampfer und Nacktkultur!
– Meinen Sie das wirklich, Herr Kress?
– Na! rief Lehrer Kress und schwang sich auf sein Fahrrad.
– Besuchen Sie mich mal in meiner Bude!
Die Kinder, die am Zaun warteten, um ihr die Mappe zu tragen, hatten es gehört. Klara wollte noch etwas erwidern, aber Kress war schon auf der Straße und drehte sich noch einmal zu ihr um, stieß ein paarmal mit dem Finger zum Himmel und rief:
– Schönes Wetter!

Da kam auf dem Schulhof in der Pause Lehrer Volkmann mit einem Jungen auf sie zu, er hatte den Jungen am Ohr gepackt und ihm das Ohr so umgedreht, daß der Junge den Kopf nach unten und schräg halten mußte. So zog er ihn zu Klara hin.
– Die Kinner ham keinen Respekt vor Ihnen, Klara! – Sags nur! Er schüttelte den Jungen und zog ihn hoch.
– Sags nur! Der Junge gab keinen Mucks von sich.
– Dann sags ich Ihnen: der Polack –
(und zog den Jungen am Ohr)

– der Polack und Ihre Mutter –
(er zog den Jungen am Ohr)
– Was? Was hab ich da eben gehört?
(er zog den Jungen am Ohr)
– Der sucht des Deufelshaar? . . . hat sie gekämmt?
Er schubste den Jungen weg und sagte gehässig:
– Des is doch a Schand, Klara, daß die Leut so a Zeuch redn über euch und über dei Mudder und über euch.
Lehrer Kress lehnte an der Mauer, die Zigarette im Mund, und hörte zu.
Klara starrte Lehrer Volkmann ins Gesicht, versuchte etwas zu sagen, dabei verschluckte sie sich, sie hatte gerade von dem Frühstücksbrot gegessen und mußte würgen. Mit großer Mühe brachte sie dann eine Antwort zustande.
– Herr Kupka ist zu Besuch bei meiner Mutter.
– So? grinste Lehrer Volkmann, der ihren Würgeanfall ruhig abgewartet hatte.
Nach der Schule ließ sie die Kinder, die mit ihr gehen und die Mappe tragen wollten, stehen, sie rannte nach Hause, hinauf in das Schlafzimmer, riß das Leintuch von ihrer Matratze, nahm Plumeau und Kopfkissen und trug es hinüber in ihr Zimmer. Die Mutter hörte sie rumoren, kam dazu, Klara ging ohne Blicke an ihr vorbei durch den Tanzsaal. Die Mutter forderte auch keine Erklärung, sie dachte wohl, daß sie etwas über Kupka und sie erfahren haben mußte, sie hatte seit dem Tag, als die Kinder

sie an der Hütte belauscht hatten, auf diesen Augenblick gewartet, war aber unfähig, dieser Entdeckung durch ein Geständnis zuvorzukommen. Sie hatte sich immer eingeredet, das, was zwischen Kupka und ihr vorging, sei nichts, was sie mit Klara besprechen müßte, sie würde die Sache dadurch, daß sie darüber sprach, erst bedeutsam und unkorrigierbar machen. Klara schlug die Tür hinter sich zu, die Mutter stand im Saal und drehte sich herum, zweimal drehte sie sich herum, wollte ihr nachgehen und nicht nachgehen. Und Klara setzte sich in ihrem Zimmer auf das hohe Sofa, hielt das dicke Plumeau umklammert und bewegte sich nicht. Das hatte sie nun getan. Eine halbe Stunde saß sie so, dann weinte sie.

– Allerhand! rief Herr Kößwaldt stehenbleibend den dreien zu, die aus dem Kinosaal kamen. Nobel simmer heud!
Klara hatte ihr gutes Kleid angezogen. Sie gingen vorüber, ohne Kößwaldt zu beachten.
Da drehte sich Herr Kößwaldt noch einmal um und schrie:
– Früher hats keine Fallen gegeben, jetzt gibts welche!
Die Falk antwortete ruhig:
– Wir essen kein Fleisch.
Und Kößwaldt:

– Ich hab ja nur sagen wollen, was früher war und was jetzt ist! Und wer die Fallen legt, den erwisch ich noch.

Es war ein Festtag, Herr Kößwaldt hatte die Feuerwehrkapelle bestellt, sie spielte unten in seinem Garten ein Potpourri aus dem »Vogelhändler«. Seine Mutter saß im Spitzenkleid im Sessel und horchte.
– Jetzt hör ich die Musik wieder, Franz. In der letzten Zeit hab ich sie so selten gehört.
– War ja auch keine da, Mutter! rief Herr Kößwaldt herüber.
– Meine Ohren werden schwächer, Franz. Wie lange sind wir denn schon in Bad Kissingen?
Vorwurfsvoll wandte sie sich nach ihm um.
– Franz! Du hättest mir doch ein Wort sagen können. Ich hätte dir doch beim Umzug helfen können! Hast du wieder alles allein gemacht, Junge!
– Die Musik ist für dich, Mutter! schrie Herr Kößwaldt der zierlichen Dame ins Ohr. Zu deinem Geburtstag!
– Woher wissen sie das denn? Hast du es ihnen gesagt?
Herr Kößwaldt hob die Mutter aus dem Sessel und trug sie wie eine Puppe aus dem Zimmer, über den Flur, auf die Terrasse.
– Jetzt zeig ich dir mal deine Musikkapelle!
Auf der Terrasse bettete er sie in einen Korbsessel

und stellte sich daneben in Positur. Die Feuerwehrleute wandten sich ihnen zu und bliesen herauf. Die zierliche Dame lächelte, zupfte ihren Sohn am Ärmel.
– Die müssen ein schönes Trinkgeld haben, da darf man nicht kniepig sein, Franz.
– Bin ich doch nicht, Mutter!
Nun spielten sie eine Polka, und die zierliche Dame stellte das Füßchen vor und zog am Knie den Rock hoch, über die dürren Greisenbeine, immer höher hinauf. Herr Kößwaldt warf ihr einen strafenden Blick zu, da nahm sie die Hand weg und lächelte wie ein ertapptes Kind.
Im Salon drängten sich händereibend die Musikanten, alle wollten ihre Freude darüber zeigen, wie jovial Herr Kößwaldt zu ihnen war und daß sie sich in seinem Haus nicht genierten. Geschrei und Gelächter, Schnapsgläser wurden gehoben. Herr Kößwaldt hatte seine Mutter auf eine hohe Konsole gesetzt, da thronte sie und klatschte immerzu in die Hände, während Feuerwehrhauptmann Strack ihrem Sohn zu Ehren eine kleine Ansprache hielt.
– Herrn Kößwaldt verdankt unser kleiner Ort so viel! Herr Kößwaldt mit seinem Kieswerk ist ja nicht ein Ausbeuter, kein Kuponabschneider, nein, er gehört zu uns dazu, und arbeiten tut er genauso viel wie seine Leute, und er spricht ja auch ihre Sprache!
Auch Lehrer Kress war gekommen, Herr Kößwaldt hatte ihn eingeladen, um mit ihm ein paar Worte

über die Schule zu wechseln, er interessierte sich seit neuestem dafür, was die Kinder lernten und wie sie erzogen wurden. Er fühlte sich geradezu verantwortlich. Und wer hatte die Herta geschwängert?
– Die ham noch nix rausgebrachd, die Herta had nix zugehm, sagte Feuerwehrhauptmann Strack. Die anderen standen herum.
– Minderjährig, Unzucht mit Minderjährigen! Darauf gibts Zuchthaus! Herr Kößwaldt hätte gern, um seinem Spruch Nachdruck zu geben, einen Namen genannt.
– Bei der Falk war sie immer in der Strickstund, und was die den Kindern so alles erzählt, Herr Kößwaldt, was die den Kindern so alles beibringt, so unsaubere Sachen, das ist ja kein guter Einfluß.
Lehrer Kress, auf den sich der Blick von Herrn Kößwaldt richtete, verteidigte aber die Falk, er hatte sogar eine philosophische Meinung über sie: sie sei in der langweiligen Schöpfung Gottes doch so etwas wie ein Original, er, Kress, habe persönlich eine Neigung zu Originalen und studiere sie mit Interesse, übrigens auch ihre Tochter.
– Aha! machte der Posaunist bedeutungsvoll. Aber sonst wußte niemand etwas dazu zu sagen, und so entstand ein verlegenes Schweigen, und die Gläser wurden wieder vollgeschenkt.
– So! sagte Herr Kößwaldt.
– Bei uns is ja jeder a Original! rief jetzt Feuerwehrhauptmann Strack und sah sich dabei im Kreise um.

– A jeder von uns is a Original, brauch ich mich ja bloß umschaun!
Darauf stießen alle an.

Herr Kößwaldt hatte sich vorgenommen, der Falk bei Gelegenheit einmal auf die Finger zu schauen, und so saß er ein paar Tage darauf im Nebenzimmer der Wirtschaft in Föritz und wartete mit den Kindern, die eingeschüchtert auf der Eckbank saßen und an ihren Handarbeitsbeuteln herumzupften, bis die Falk kam, um ihre Strickstunde zu halten. Sie stellte ihren Korb auf die Bank, die Mädchen standen auf und schrien:
– Grüß Gott, Frau Falk!
Sie fing gleich an, holte ihr Strickzeug heraus und hielt es, damit die Kinder sehen konnten, was sie machte, hoch, sie tat so, als ob sie Herrn Kößwaldt, der neben der Tür im Winkel hinter ihr am Tisch saß, gar nicht bemerkte. Die Kinder waren aber unruhig und sahen neugierig hin.
– Daher die Augen, Reddl, schau zu, damit du was lernst!
Sie ging von einem Kind zum andern, um zu prüfen, was sie daheim gestrickt hatten.
– Habt ihr alle den Daumenzwickel gestrickt? Zieht amal über die Hand! – Da fehlt noch a weng. – Rosa, du mußt noch zwei Runden stricken. – Und bei dir ist es zu stramm!

Sie wußte, daß Herr Kößwaldt gekommen war, um sie einzuschüchtern, und nur auf eine Gelegenheit lauerte, auf sie loszugehen, sie war aber ganz ruhig.
– Willst du Handschuh stricken heut? fragte sie ihn über die Schulter. Die Kinder kicherten, sie klatschte in die Hände, da waren sie still.
– So, und jetzt brauchen wir die Sicherheitsnadel. Habt ihr alle eine dabei?
Sie nahm einem Mädchen das Strickzeug ab, um allen zu zeigen, wie es weiterging.
– Daher die Augen! Marga! Wenn du kein Handschuh stricken kannst, frierst dir die Hände ab im Winter. Wenn man a weng Wolle hat und wenn man stricken kann, dann braucht man kein Geld auszugeben.
Nun wurde der Ärger des Herrn Kößwaldt darüber, daß er nicht beachtet wurde, doch so groß, daß er nicht mehr an sich halten konnte:
– Wo ist denn heut die Grümmers-Herta?
– Das weißt du selber, wo die ist, antwortete die Falk rasch.
– Ja, schrie Herr Kößwaldt, das weiß ich selber! Er schlug mit dem Stöckchen auf den Tisch. Aber wo die des gelernt hat, das möcht ich wissen!
Er war aufgestanden und stand mit gekreuzten Armen hinter ihr.
– Unzucht is des! Und wo lernt mer so a Zeuch? Die war doch immer dei besonderer Schützling?
Die Falk hörte auf zu stricken, tastete mit der Hand zum Hals.

Aber sie drehte sich nicht zu Kößwaldt um, der jetzt mit scheinbarer Ruhe sagte:
– Jetzt setz ich mich amal daher und hör amal zu, was du eigentlich in deim Unterricht alles so sagst. Es ist eim ja scho allerhand zu Ohren gekommen.
– So? Was denn?
Da polterte er los:
– Das eine sag ich dir: Wenn die Kinder verdorben werden, dann fliegst du raus, dafür sorg ich! Deine ganzen Schweinereien, und noch dazu den Kommunismus – des kann ich dir sagen! Und unsere gesunden Bauernkinder lassen wir uns nicht verderben!
Die Falk sah über die Kinder hin.
– Jetzt ist Strickstunde. Wir machen jetzt weiter.
– Und der Kerl kommt auch noch weg! schrie Herr Kößwaldt. Er schlug die Tür so heftig zu, daß die Kinder zusammenzuckten und verstört dasaßen.

Auf dem Heimweg – Kupka hatte am Ortsausgang bei den Holzstößen auf sie gewartet – redeten sie wieder von Amerika. Vor hundert Jahren hatte es dort schon freie Gemeinschaften gegeben, die Brook Farm und New Harmony und andere, sie hatten darüber gelesen. Wie man dort frei leben könnte!
– Wir können ja auswandern, sagte Kupka.
– Ich bin zu alt, sagte die Falk.
Sie sagte ihm nichts von Kößwaldt, um ihn nicht zu

beunruhigen. Aber sie war niedergeschlagen und ohne Hoffnung.
Kupka rannte plötzlich weg über das Feld, bis über den Horizont, die Falk sah ihn nicht mehr, er tauchte erst wieder auf der anderen Seite des Hügels auf, als die Falk den Hohlweg hinunterfuhr. Er sprang ihr in den Weg, so daß sie anhalten mußte, und sie schoben dann beide das Fahrrad zusammen.
– Ich habe gedacht, ich seh da was, erklärte Kupka.
– Was denn? Und nach einer Weile sagte sie:
– Du hast mir weglaufen wollen.

Apfelduft, Wacholderduft, Majoran.
Die Sonne hatte tagelang auf dem Dach gelegen, und hier unter dem Gebälk im weiträumigen Dachboden hielt sich die Wärme noch wie in den Sommertagen. Klara kramte schon seit Stunden hier oben herum. Sie hatte zuerst Zeitschriften aussortiert und gebündelt und dabei in manchen Heften geblättert. Dann hatte sie sich darangemacht, die duftenden Sommerkräuter, die auf dem Boden ausgelegt und nun dürr und trocken waren, in Gläser und Säckchen einzusammeln. Die Wärme und der Duft versetzten sie in eine träge, schläfrige Stimmung, sie verlor allmählich das Gefühl für die verstreichende Zeit und für alles, was außerhalb dieses warmen Gehäuses, in dem sie vor sich hin träumte, geschah. Die Mutter war lange tot, sie streute dürre gelbe Strohblumen

über das Grab. Ein großer gefleckter Hund ging mit ihr herum und sprach mit ihr, und sie sprach mit ihm. Es war der Hund des Onkels. Aber er hatte einen großen buschigen Schwanz. Sie hatten ihn dir doch abgeschnitten, ich habe doch die Blutspuren an den Türen gesehn! Die Haustür ist zugewachsen, es kommt niemand mehr herein, und niemand geht hinaus. Hör zu, was ich dir sage, sagte die Mutter. Ich hör dich nicht, ich hör dich nicht, ich habe keine Ohren, sagt sie immer wieder, ganz laut, so laut, daß sie die Mutter, die immer noch die Lippen bewegte, nicht mehr verstehen konnte. Es ist ein Abzählvers, auf *Ohren* müssen alle weglaufen und sich verkriechen. Sie kriecht unter die Treppe. Wer schleicht denn auf der Treppe herum, über meinem Kopf? Es ist Herbert. Ich muß ihn vorbeigehn lassen, er darf mich nicht sehen, ich muß die Luft anhalten, bis ich platze. Ich muß sehen, was er da macht, er hat ein Messer in der Hand. Ja, er hat ein Messer in der Hand. Er schneidet mir damit die Haare ab, er schneidet mir die Finger ab, die Füße ab. Ich darf nicht schreien, ich muß ganz ruhig sein, sonst sieht er mich. Der Busch hat keine Blätter, das merke ich ja jetzt erst, da hätte ich mich doch nicht unter den Busch gelegt mit meinem weißen Kleid! Die Dornen reißen das Kleid weg vom Leib, ich kann mich gar nicht wehren. Es reißt in lauter Fetzen, die wehen in der Luft herum, muß sehn, daß ich wenigstens einen erwische. Verdammt, da ist der große Schlüssel heruntergefallen und klappert und zappelt auf dem Stein! Das merkt er, jetzt hat er mich gesehen, ich rühr mich nicht von der Stelle, jetzt kommt er ja schon auf mich zu. Mit großen Schritten, er tritt ja alles kaputt! Was will er denn, was willer denn, was willer willer willerdenn? Er hat drei tote Hasen in der Hand, das habe ich gesehn. Das sag ich der Mutter, das sag ich ihr, erst recht sag ichs ihr! – Herbert! schreit der Onkel so laut, schreit die Mutter so laut. Das sag ich ihr, daß ich das weiß. Herbert! Herbert! Er sitzt doch hier, er kann sich nicht von der Stelle rühren, er sitzt bei mir im Winterschnee.

– Herbert hat wieder Hasen, sagte Klara zu ihrer Mutter. Er hat sie oben im Dachboden versteckt.
Die Mutter warf ihr einen feindseligen Blick zu.
– Doch! Ich habe es gesehen!
– Du phantasierst ja.
– Er lügt dich an!

Als Klara nach der letzten Schulstunde die Diktathefte zusammenschob, um sie in die Mappe zu packen, entdeckte sie einen Zettel. »Liebe Klara! Heute um sieben hinten an den Kellern. Herbert K. Wichtig!« Hinterher konnte sie sich nicht erinnern, ob der Zettel zwischen den Heften oder schon in der Mappe gelegen hatte. Sie sah zu den drei Mädchen hin, die in der offenen Tür standen und wie immer auf sie warteten, um auf dem Heimweg ihre Mappe zu tragen. Draußen sprang Lehrer Kress die Treppenstufen herunter, er pfiff und warf sich schwungvoll die Mappe unter die Achsel. Er rief über die Köpfe der Mädchen hinweg:

– Arbeiten Sie nicht zuviel heute nacht! und war verschwunden.

Am Dreiherrenstein traf sie den Metzgerfrieder, er stand mit gekreuzten Armen in der Toreinfahrt, zog die Oberlippe hoch und rief:

– Wo ist denn der Kupka heut?

Meistens überhörte Klara solche Zurufe, mit denen er sie ärgern wollte. Jetzt antwortete sie gewissenhaft:

– Herr Kupka ist heute in die Stadt gefahren, um Wolle einzukaufen. Sie ging weiter mit den Kindern, die ihr abwechselnd die Mappe trugen. Sie hatte die ganze Zeit die Hand in der Tasche ihrer Strickjacke zur Faust zusammengeballt, und in der Faust preßte sie den Zettel. Sie hielt den Arm steif und zog die Strickjacke an dieser Seite so sehr nach unten, daß es aussah, als ginge sie schief, wie verwachsen.

Im Hausflur die Schuhe auf dem Regal: Mutters einfache schwarze Schnürstiefel, die, weil sie für einen zierlichen Fuß gemacht waren, fast elegant wirkten. Ihre Gummigaloschen, daneben der Lederriemen, mit dem der eine Schuh festgebunden werden mußte, weil die Schnallen nicht mehr hielten. Klaras Galoschen. Die großen alten Kamelhaarpantoffeln des Onkels, die Herbert anzog, wenn er nach Hause kam. Klaras Hausschuhe, von ihrer Mutter aus Stoffresten geflochten und mit einer roten Borte verziert. Wenn man nach Hause kam, wußte man nach einem raschen Blick auf das Regal, wer ausgegangen und wer im Hause war. Klara stellte ihre Halbschuhe auf das Brett. Neben den kleinen Stiefeln der Mutter sahen sie unförmig und plump aus.

– Herbert hat vorgekocht.

Die Mutter stand am Herd, sie hatte den Mantel noch nicht ausgezogen, sie hantierte mit den Herdringen. Auf dem Tisch standen nur zwei Teller. Klara setzte sich auf den Platz, wo sonst Kupka saß. Die Strickjacke mit dem Zettel in der Tasche hatte sie anbehalten. Die Mutter ging hinaus und kam wieder herein. Sie war nun im Unterrock. Sie goß Wasser in die Emailleschüssel, sie wusch sich in der mittagsstillen Küche geräuschvoll und ungeniert. Sie fuhr sich mit dem Lappen über das Gesicht, blies dabei die Backen auf, schnaufte zufrieden, wusch die Arme und die Achselhöhlen, rieb mit kleinen knurrenden Seufzern den Nacken und die Schultern, soweit sie der blaue Unterrock freigab. Klara hatte nie darüber nachgedacht, ob ihre Mutter eine schöne oder eine häßliche Frau war und ob sie einem Mann gefallen würde.

Jetzt, mit dem Zettel in der Tasche, der nur von Kupka sein konnte, sah sie ihre Mutter abschätzend an, wie eine Rivalin.

– Wann kommt der Herbert von der Stadt zurück?

– Entweder mit dem Siebenuhrzug oder mit dem Neunuhrzug, hat er gesagt.

– Wie gut! sagte Klara und kicherte etwas, so daß ihre Mutter erstaunt zu ihr hinsah. Klara küßte plötzlich ihre Mutter und rannte aus der Küche hinauf in ihr Zimmer.

– Das Essen ist doch fertig! rief die Falk ihr nach.

Sie stand in ihrem Zimmer, sie war zu aufgeregt, um sich an den Tisch zu den Heften zu setzen. Sie las noch einmal den Zettel und zerriß ihn dann sorgfältig. Sie dachte fortwährend an ihre Mutter, wie sie sich wusch, und an die Laute, die sie dabei ausstieß, kleine Laute der Lust, und an das klatschende Geräusch des seifigen Waschlappens an ihrem Nacken. Die Mutter tat ihr leid. Sie machte sich lächerlich mit ihrer Leidenschaft für diesen Jüngling, der sie nicht einmal wirklich begehrte, er begehrte die Tochter. Nichts anderes bedeutete ja dieser Zettel. Wenn Klara sich Kupka hingab, dann würde sie es nicht aus Lust tun, das wäre ihr so niedrig erschienen, daß sie es von sich nicht denken konnte. Sie würde sich opfern, um die Mutter von ihrer unwürdigen Verirrung abzubringen und von der Lächerlichkeit zu befreien.

Die Vorstellung von diesem Opfergang erregte sie

so sehr, daß sie den ganzen Nachmittag bis in die Dämmerung nichts anderes denken konnte. Sie zog ihr Kleid aus und betrachtete sich in dem kleinen runden Spiegel auf dem Fensterbrett. Es war ein alter Rasierspiegel vom Onkel, sie nahm ihn in die Hand und hielt ihn so, daß die einzelnen Teile ihres Körpers darin vergrößert, obszön auseinandergezerrt erschienen: die Achselhöhlen mit dem Gestrüpp fahlblonder Haare, der Busen mit der Warze und dem blauen Geäder unter der Haut, die sich ausbreitenden roten Flecken am Hals (die sie immer bekam, wenn sie sich aufregte). Sie zog den Unterrock hoch und hielt das Spiegelauge so, daß sie die weiße Haut am Bauch sehen konnte. Die Unterhose schob sie weg. Der Gummizug hatte eine rötliche Rinne eingedrückt. Die zum Gitterwerk vergrößerten Maschen der gestrickten Hose. Der Schenkel; der Strumpfhalter zerrte den braunen Strumpf zu einem Zipfel hoch, das weiche Fleisch preßte sich wulstig heraus. Es war ihr dabei, als würden alle Teile ihres Körpers von fremden Fingern schamlos ertastet. Der Gedanke an das Opfer, das sie bringen wollte, machte sie hochmütig und machte es ihr leicht zu lügen. Sie sagte der Mutter, daß sie noch einmal der Notenkonferenz wegen in die Schule müsse, und sie ging, als es schon fast dunkel war, gegen sieben aus dem Haus.

Furcht hatte sie keine. Alle Geräusche im Dorf und alles, was sich jetzt im Halbdunkel um sie herum bewegte, eine Katze, die vom Holz heruntersprang, die heimschaukelnden Kühe, selbst ein Rascheln in den Büschen oder rufende Stimmen vom Feld herüber waren ihr schon immer vertraut und gaben ihr ein Gefühl von Geborgenheit eher als von Angst. Sie fühlte sich aufgehoben in diesen Geräuschen.
Die Keller sahen im Dunkeln aus wie Gräber, in denen Riesen der Vorzeit begraben waren, große Erdhügel mit gemauerten Eingängen, über einen flachen Hang verstreut. Der Weg führte in Windungen zwischen ihnen hindurch. Hier war es nun ganz still. Klara blieb stehen, wartete, sah sich um. Sie konnte nichts erkennen, hörte nach einiger Zeit ein Geräusch hinter einem der Kellereingänge, das wie ein unterdrücktes Lachen klang; sie rief leise, hauchte es nur: Hallo . . . aber es gab niemand Antwort, und so ging sie langsam weiter auf dem Weg bergauf, bis sie fast aus dem Kellerbezirk heraus und auf der Kuppe des Hügels war. Plötzlich hörte sie dicht hinter sich einen harten Schlag, und sie sah, sich rasch und erschrocken umdrehend, wie da etwas auf den Boden fiel, etwas Helles, Großes, es mußte wohl ein Kartoffelsack sein, und daß sich etwas in dem Sack bewegte. Sie wollte weglaufen, zwang sich aber zu bleiben und hinzusehen und ging dann sogar entschlossen ein paar Schritte auf den Sack zu und bückte sich, um zu sehen, was sich darin bewegte. Im

gleichen Augenblick, als sie den Zipfel des Sackes hochhob, sprang etwas heraus, etwas Widerliches, Nacktes, Schreiendes – jemand hatte ein rotes Ferkel in den Sack gesteckt. Sie sah es mit Ekel und Entsetzen. Sie stieß einen Schrei aus und rannte davon. Sie hörte, wie eine Schar junger Burschen johlend hinter ihr her war, sie hörte sie in den Büschen rechts und links neben dem Hohlweg, sie fiel in den Dreck, sprang wieder auf und rannte, den Kopf voller Entsetzen, bis sie die Verfolger nicht mehr hörte, bis zu den ersten Häusern und zu der Straßenlampe. Da stand sie, drückte sich in einen Seitenweg, als Leute vorbeikamen, ging dann weiter, hinter den Häusern herum, damit niemand sie sehen konnte, bis nach Hause, stand, Wut und Schrecken im Gesicht und mit dem verschmutzten Mantel in der Küchentür und sah dort, am Tischplatz, ihre Mutter mit Kupka sitzen und sich unterhalten. Die Mutter sah sie an und sagte: Du bist ja geschwind wieder da, und Kupka sah sie an und sagte kein Wort. Sie lief in ihr Zimmer, immer noch im Mantel. Unten auf der Straße waren die Burschen, sie johlten und pfiffen und hielten den Sack hoch, sie hörte sie rufen: Klara! Klara! Ich bin der Kupka! Gehst mit mir nei in Wald!, und einer sang: O Donna Klara!, sie preßte sich gegen die Zimmerwand im Dunkeln, und so blieb sie stehen, bis das Gegröle draußen aufhörte. Ihre Mutter ging unten im Hausflur, sie hatte wohl die Haustür geöffnet und mit den Burschen geredet und sie nach Haus geschickt. Wußte sie alles? Klara wartete darauf, daß sie gerufen würde, aber die Mutter rief sie nicht, es blieb still. Redeten die beiden in der Küche über sie? Später hörte sie, daß sie die Treppe heraufkamen, dann klappte die Türe zum Matratzenzimmer zu.

Von diesem Vorfall wurde auch am folgenden Tag nicht gesprochen. Klara ging aus dem Haus, sie sah, daß Kupka das Fahrrad ihrer Mutter aufpumpte, blieb stehen und sah ihn an, bis er aufhörte mit dem Pumpen, sich zu ihr umdrehte und fragte:
– Was ist denn?
Kupka wußte nichts. Auch die Mutter wußte nichts. Sie ärgerte sich, daß sie auf den Gedanken hatte kommen können, Kupka sei es gewesen. Sie kannte seine Handschrift, sie hatte ja oft das Heft gesehen. Erst vor ein paar Tagen hatte er es ihr gezeigt, darin hatte er auf eine Extra-Seite geschrieben: Ich bin jetzt 452 Tage auf der Universität. Eine steile große Schrift, und als Klara ihn fragte, was er damit meinte, sagte er: So lange bin ich jetzt bei euch. Nun erschrak sie erst richtig darüber, daß sie gar nicht darauf gekommen war, daß das Ganze ein Schwindel sein könnte. Sie ging an der Metzgerei vorbei und las die ausgehängte Tafel, war das die Schrift? Der Metzgerfrieder stand im Laden.
Da sie nichts in Erfahrung bringen konnte, wurde

sie mißtrauisch gegen alle Menschen ihrer Umgebung, gegen den Metzgerfrieder, aber auch gegen die beiden Dicken Volkmann und Schinder, gegen Lehrer Kress, der ihr nachgerufen hatte: Arbeiten Sie nicht zuviel heute abend! Und sogar gegen die Kinder wurde sie mißtrauisch: auf dem Heimweg hielt sie ihre Mappe an den Leib gepreßt, die Kinder durften sie nicht mehr tragen wie sonst immer.

Die Kinder.

Da standen sie am Zaun und schrien:

– Rode Haar und Sommersprossen
sind des Deufels Volksgenossen!

Herta riß Erdbrocken aus dem Gartenbeet und schleuderte sie wutverzerrt in ihre Gesichter.

Jetzt tauchten sie hinter dem Holzstoß auf.

– Rode Haar und Sommersprossen
sind des Deufels Volksgenossen!
– Rode Haar und Sommersprossen
sind des Deufels Volksgenossen!

Herta drehte sich um, bückte sich, packte ihren Rock, zerrte ihn hoch und streckte ihnen den Hintern in der bläulichen gestopften Unterhose entgegen.

Klara dachte: Wie roh und gemein sie sind! Waren sie denn immer schon so? Und ich habe es nicht gemerkt!

Es war kalt, die beiden Frauen trugen das heiße Wasser in Eimern hinüber in die Waschküche, schütteten es in die Zinkbadewanne. Der weißgekalkte

Raum war voll Dampf. Sie begegneten sich an der Tür, schoben sich aneinander vorbei, wer hereinkam mit dem vollen Eimer, wer hinausging mit dem leeren, und ein paarmal stießen sie sich aneinander. Draußen auf dem Hof kam Kupka mit dem Fahrrad, die Falk rief im Vorbeigehen durchs Fenster: Du kannst dann auch baden, Herbert!, und wie sie mit dem vollen dampfenden Eimer in die Waschküche hineinwollte, schlug plötzlich die Tür vor ihr zu und sie hörte, wie der Schlüssel innen gedreht wurde. Sie stellte den Eimer ab, klopfte, rüttelte an der Klinke. Klara! Von innen kam kein Laut. Klara hatte den Schlüssel im Schloß gedreht, jetzt stand sie im Unterrock in dem dampfenden Raum, sie kümmerte sich nicht um die Mutter, die draußen an der Klinke rüttelte. Klara zog ihre Strümpfe aus, den Unterrock, sie riß sich die Wäsche vom Leib, legte dann aber alle Kleidungsstücke, sorgfältig wie sie es gewohnt war, auf den bereitgestellten Schemel neben der Wanne. Nackt stand sie nun da. Sie fror, sie wollte in das Wasser, das in der Wanne dampfte, wollte sich hineinlegen und darin verschwinden wie in einem Grab und nie wieder aus Wärme und Wasser herauskommen. Aber als sie den Fuß hineinstellen wollte, zuckte sie mit einem Schrei zurück, es war kochend heiß, sie konnte nicht hinein, und so, auf einem Bein balancierend, das andere abgewinkelt über der Wanne, von der Hitze und der Kälte und dem Dampf verwirrt, schrie sie:

– Alle hassen mich wegen dir! Alle hassen mich wegen dir!, und Tränen und Schweiß liefen ihr übers Gesicht.
Die Mutter stand draußen mit gesenktem Kopf. Sie hatte den Eimer wieder aufgenommen und hielt ihn mit beiden Händen fest. Kupka kam. Er nahm ihr den Eimer ab, sie gingen in die Küche.
– Ich muß amal mit der Klara reden, sagte die Falk verstört. Ich muß ihr amal alles erklären, wie das alles ist . . . mit mir und mit uns. Sie wird immer hysterischer.
Kupka schob die Schulter hoch.
– Was soll ich denn machen, Herbert?

Die Unterredung sollte im Onkelzimmer stattfinden. Sie wußte später selbst nicht, wie sie auf den unglücklichen Einfall gekommen war, ausgerechnet diesen kalten, dämmerigen Salon, in dem sie sich nie aufhielten, zu wählen; es war wohl die Vorstellung, daß etwas Wichtiges, ja für ihr ganzes weiteres Leben Entscheidendes besprochen werden mußte und daß die Küche oder der Flur oder irgendein Raum im Haus dafür nicht angemessen war. In Klaras Zimmer wollte sie nicht eindringen, und das Matratzenzimmer war seit Klaras empörtem Auszug ein Raum, der für die Falk, wenn sie es sich auch nicht eingestand, mit Sünde und Schuld belastet war, dort konnte sie mit Klara nicht sprechen. Schon am frühen Vormittag war sie in das Onkelzimmer hinaufgegangen, um den Ofen zu heizen. Der Ofen war aber so lange Zeit nicht geheizt worden, daß er immer wieder ausging. Rauch puffte aus seinen Ritzen und stieg in kleinen zitternden Säulen hoch und verlor sich, es dauerte lange, bis er etwas Wärme abgab. Nun stand die Falk in dem dämmrigen Zimmer, das nach Staub und Qualm und nach Äpfeln roch. Es schlug zwölf Uhr, um ein Uhr erst kam Klara von der Schule nach Hause. Sie schob den dicken Veloursvorhang zur Seite, aber es wurde nicht viel heller, draußen regnete es; es war, als hielte dieser Raum die Dunkelheit, die er jahrelang seit dem Tod des Onkels gespeichert hatte und die nur gelegentlich unterbrochen wurde, wenn die Falk das Licht anknipste, um etwas aus dem Sekretär zu holen (dort verwahrte sie ihre Dokumente und etwas Bargeld), in den braun-verblichenen Tapetenwänden fest. Dieses Dämmerlicht war ihr recht. Sie räumte den großen Tisch von den Äpfeln frei, die dort auf Zeitungsblättern ausgelegt waren. Sie glättete die verschossen grüne Samtdecke, strich immer wieder und lange darüber hin, als ob sie ein Tier streichelte. Sie öffnete den Sekretär und holte ein kleines Bündel mit Briefen, Ansichtskarten und Fotografien heraus, das mit einem Einmachgummi zusammengehalten war. Das legte sie auf den Tisch und setzte sich davor und hielt es mit beiden Händen fest und dachte an nichts. Sie versank in konturloses, schweifendes Brüten, aus dem sie erst

erwachte, als sie unten Klara kommen hörte. Da machte sie Licht an, setzte sich wieder hin, diesmal mit dem Rücken zur offenen Tür, und wartete, bis Klara heraufkam. Da rief sie:
– Komm amal rein, Klara!
Klara hatte wohl gemerkt, daß die Mutter im Onkelzimmer war, sie hatte sich vorsichtig vorbeidrücken wollen. Nun blieb sie in der Tür stehen und sah beunruhigt zu ihrer Mutter hin.
– Setz dich amal da her, Klara.
Gehorsam setzte sich Klara auf den Stuhl an der breiten Seite des Tisches, und so saßen sie und es war ganz still in dem Zimmer.
– Ich muß jetzt amal mit dir reden, fing die Falk an, es ist ja in der letzten Zeit . . .
– Ich habe die Tür nicht zugemacht, sagte Klara. Sie stand auf, machte die Türe zu und setzte sich wieder hin.
Die Falk unterdrückte ihren Ärger, sie zog den Gummiring von dem Bündel, suchte und blätterte in dem Bündel herum, zog schließlich eine Fotografie heraus und legte sie vor Klara auf den Tisch.
– Da, sagte sie, das ist dein Vater.
Dabei sah sie mit einem schnellen, prüfenden Blick zu ihrer Tochter hin. Klara beugte sich über die Fotografie, sie beugte den ganzen Oberkörper langsam über den Tisch; sie nahm ihre Hände dabei nicht vom Schoß, senkte nur Kopf und Körper über das Bild hin, als ob es etwas Fremdes, Feindseliges

wäre, das man aus gewisser Entfernung betrachten, aber nicht berühren dürfe. Sie starrte auf das Bild eines jungen Mannes mit weichen Gesichtszügen. Warum soll ich diesen fremden Mann ansehen? Er stand auf der Treppe vor dem Eingang eines bürgerlichen Hauses, hielt einen Hut in der Hand und hatte den einen Fuß schon auf die nächste Stufe gesetzt und den Körper dabei nach vorn zum Betrachter gedreht, so daß es wirkte, als hätte er vor dem Eintreten noch rasch einen Moment für die Kamera posiert. War er lustig, war er traurig? War er ein nachdenklicher Mann oder leichtsinnig? Gehörte er zu diesem Haus? Oder wollte er gerade jemand besuchen, als diese Aufnahme gemacht wurde? Wurde er überrascht, als er eintreten wollte, und war ihm das vielleicht unangenehm? Wohnte in diesem Haus eine Familie, mit der er lebte, die Hoffnungen auf ihn setzte? Und konnte er die Hoffnung von Mutter, Großmutter, Tante, Schwester erfüllen? War er Vegetarier, war er ein Anhänger der Gemeinschaft, der ihre Mutter sich damals angeschlossen hatte, und hatte sie ihn auf einer dieser Zusammenkünfte kennengelernt? War die Mutter in diesem Haus mit den Säulen am Eingang in Stellung gewesen, und hatte er, der Sohn des Hauses, sie verführt? War es eine leidenschaftliche Liebe oder war es ein schweigender brutaler Akt im Dienstmädchenzimmer gewesen, durch den sie, Klara, schließlich zur Welt gekommen war? Sie sah das ausdruckslose Gesicht an. Die Säulen neben ihm schienen nur gemalt zu sein; jetzt erst entdeckte sie, daß die Fotografie offenbar vor einer Atelierdekoration aufgenommen worden war. Sie entdeckte auch die Signatur unten, in goldgeprägter Zierschrift: der Name des Fotografengeschäfts. Gerade an der Schrift heftete sich nun ihr Blick fest, und sie wußte in ihrer Verwirrung nichts anderes zu sagen als:

– In Basel ist diese Fotografie aufgenommen worden!

Die Falk hatte sich darauf vorbereitet, ihrer Tochter alles zu sagen, selbst auf die peinlichsten Fragen zu antworten, aber darauf wußte sie keine Antwort. Es war zu wenig. Sie sah vor sich hin in feindseligem Schweigen. Klara bemerkte das, sie richtete sich auf und sagte mit abgewandtem Gesicht:

– Du hattest mir gesagt, mein Vater sei gestorben.

Die Falk ärgerte sich. Sie spricht wie eine Lehrerin, sie schulmeistert, dachte sie, sie weist mich zurecht. Sie merkte, daß die Tochter sich so weit von ihr entfernt hatte, daß sie eigentlich schon nichts mehr von ihr wissen wollte, daß es für eine Aussprache zu spät war. Sie nahm sich aber zusammen, es mußte ja gesagt werden und sie hatte es sich vorgenommen.

– Das sag ich dir jetzt alles . . . Es sollte freundlich klingen, es sollte den alten Ton von Einverständnis haben, aber es kam so unwillig und barsch heraus, daß sie stockte und nach einer Pause nur leise fortfuhr:

– Und das mit dem Kupka auch.

Wie sollte sie es aber anfangen, Klara half ihr nicht. Die beiden Frauen hatten nie miteinander über Dinge gesprochen, die ihr Innerstes betrafen, nie, seit Klara ein Kind war, hatte die Mutter sie ermutigt, über Gefühlsdinge zu sprechen. Sie selbst war dazu auch nicht imstande, obwohl sie doch in einem freundlichen und herzlichen Verhältnis zueinander standen. Man spricht nicht von sich selber, man darf sich selber nicht so wichtig nehmen.
Die Falk nahm mit einem raschen Griff die Fotografie wieder an sich.
– Geh zu, gib das Bild her!
Es schien ihr so lächerlich, wie es da lag, unter dem kalten Blick der Tochter. Sie schob es wieder in das Bündel mit den Briefen.
– Ich hab ihn nicht heiraten wollen, sagte sie. Das weißt ja.
Hörte Klara zu? Sie saß mit unbewegtem Gesicht, den Blick geradeaus zur Uhr hin.
– Den Mann hab ich nicht gewollt, fuhr die Falk fort, ich hab bloß das Kind gewollt.
Und als Klara wiederum mit keiner Regung in ihrem Gesicht zeigte, daß sie davon berührt war oder auch nur zuhörte, fuhr es der Falk hart, wie eine Drohung heraus:
– Also dich!
Der Schlag traf. Klara starrte ihre Mutter mit aufgerissenen Augen ins Gesicht, sie rührte sich nicht, aber es war, als ob sie zitterte. Wie dumm sie ist!

dachte die Falk, ich kann nicht mit ihr reden, wie soll ich ihr denn die Sache mit dem Kupka erklären, wenn sie mich weiter so anstarrt.

– Was soll ich denn da viel reden . . .

Wie freundlich waren sie früher miteinander gewesen und wie hatten sie über Herrn Kößwaldt gespottet, Herr Kößwaldt auf Freiersfüßen, der sie zum Tanz mitnehmen wollte. Sie lagen auf einer blühenden Wiese, die Mutter wachte auf und sah Klara an, schlief sie? Auch Klara war aufgewacht, fast gleichzeitig, so sehr waren sie miteinander verbunden, und sie lachten.

– In so eine bürgerliche Familie hätt ich nicht gepaßt . . . Ich, so als Madame . . . mit einer Schwalbe am Hut . . . mit einer halben Schwalbe oder mit einer ganzen, mit dem Schnabel nach unten . . . sie hielt die Hand mit gespreizten Fingern übers Ohr, als ob es ein Hutschmuck wäre, und lächelte zu Klara hin in der Hoffnung, daß sie auch über die Albernheit lächelte, aber Klara blieb starr.

– Du kennst ja meine Ansichten . . . kennst sie ja!

Dann schwieg sie eine Weile, wagte nicht mehr zu Klara hinzusehen, schlug ein paarmal auf das Bündel mit den Briefen. Dann stand sie auf, ging zu dem Ofen hinüber und sah nach der Kohlenglut.

– Ich hab damals gedacht, einen Beruf hab ich ja gehabt . . . und wenn ich ein Kind . . .

Sie rüttelte am Rost.

. . . das will ich selber erziehn . . . das soll einmal später . . .

Die Glut fiel durch den Rost und auf das Blech vor dem Ofen. Während sie mit aller Kraft an dem Rost rüttelte, schrie sie ganz laut zu Klara hinüber:
– . . . das soll einmal später . . . mit meiner Tochter will ich einmal alles richtig machen . . . die soll ein freier Mensch werden.
Jetzt stand sie auf und sah zu ihrer Tochter hin, die steif dasaß wie vorhin, mit abgewandtem Gesicht. Da gab sie es auf.
– Geh zu, hol mir an Eimer Brikett!
Sofort ging Klara hinaus.
Die Falk setzte sich wieder an den Tisch vor das Bündel. Sie nahm das Gummiband und schob es darüber, und so saß sie und wartete, bis die Tür wieder aufging und Klara mit dem Briketteimer zurückkam.
– Soll ich ein Brikett auflegen?
– Laß nur gehn.
Klara stellte den Eimer neben dem Ofen ab, wartete geduldig, ob ihr die Mutter noch etwas zu sagen oder zu befehlen hatte. Aber die Mutter schwieg. Da nahm Klara vorsichtig ihre Mappe und ging hinüber in ihr Zimmer.
Sie sprachen nie wieder darüber.

Bei den Kellern, als Kupka abends die toten Hasen unter dem Stein hervorholte und sie dem Metzgerfrieder gab, der sie auf seiner Karre unter den Säcken verstaute, sagte der Metzgerfrieder:

– Na, du wersd mich ja ned verroden.
Kupka sah ihn an.
– Gell, du waßd von nix, daß ich des wor mid der Herda. Un die Herda sochd sowieso nix. Do hod sa vil zu vil Schiß vor mich, daß sa mich anzeichd.
Er gab Kupka das Geld.
– Du – du ghörsd nirchendwo hin und du konnsd aa überall wieder ford ... wo da hinwillsd ... auf Amerika oder wo da hinwillsd. Aber ich ... wüßd ich gorned ...
Er zog seine Karre aus der Kuhle, drehte sich noch einmal zu Kupka um, der bewegungslos dastand, und rief in plötzlicher Wut:
– Dir däd ja sowieso ka Mensch was glaum!

Gendarm Gensler, der gern wichtig tat, hatte der Grümmers-Marie gesagt, daß sie sich wegen ihrer Nichte strafbar machte; die Grümmers-Marie, in ihrer Angst und in ihrer Wut auf die Falk, schlug auf Herta ein und schrie: Weng dir Bangerd dir dreggerdn ... mit ihrer hohen Stimme; die Hühner flatterten vom Hof auf. Herta saß, den Arm über dem eingezogenen Kopf, bewegungslos auf der Bank.
Die Grümmers-Marie schlug sie, bis ihr der Arm müde wurde, dann setzte sie sich neben sie hin und weinte vor Ratlosigkeit. Weil man nicht erfahren konnte, wer Herta geschwängert hatte, bildete sich im Ort eine Meinung gegen Kupka, als sei er es

gewesen. Diese Meinung wurde wohl auch durch den Metzgerfrieder gefördert, der es seit der letzten Begegnung an den Kellern vermied, mit seinem Freund zusammenzutreffen, und ihn einmal sogar, als er ihn im Hauseingang ansprechen wollte, mit dem Ellbogen wegstieß und weiterging. Aber es gab natürlich keinen Anhaltspunkt für diesen Verdacht, niemand hatte Kupka und Herta zusammen gesehen. Einmal hatten die Burschen einen Scherz gemacht: sie stießen Herta aus der Küchentür, als Kupka draußen an der Theke stand mit Limonadenflaschen in der Hand: da standen sich die beiden plötzlich gegenüber, beide in Angst. Herta trat um sich wie ein wildes Tier, bis die johlenden Burschen den Weg freigaben. Kupka konnte sich gegen solche Demütigungen nicht wehren, er nahm sie hin, duckte sich stumm; und dieses Verhalten wiederum wurde ihm als schlechtes Gewissen ausgelegt: wäre er wirklich unschuldig und wäre er deutschblütig, dann würde er sich gegen die Anschuldigungen wehren.

In diesen Tagen gingen die Bürger zur Reichstagswahl, an einem kalten Sonntag im März 1933, es war die letzte, in der sie Sozialdemokraten oder Volkspartei oder Kommunisten oder irgendeine andere Partei, es gab so viele, wählen konnten. In Grünitz gingen die Nationalsozialisten geschlossen

zur Wahl, die Feuerwehrkapelle voraus. Sie hatten auch mit Kößwaldt gerechnet, aber er hatte abgewinkt. Er schob seine Mutter im Rollstuhl durch den Schneeregen zum Dreiherrenstein und krähte, als er ankam:

– Zwei Stimmen für die Deutschnationalen!

Ein SA-Mann und ein paar Burschen hoben den Rollstuhl die Treppe hinauf, das Lokal war im ersten Stock. Am Treppenabsatz stand der Briefträger mit Lehrer Volkmann. Der Briefträger fragte:

– Wo ham Sie denn Ihrn Spitz gelassen, Herr Kößwaldt?

– Den hab ich daheim, der kläfft immer so, ich glaub, des is a Sozi! rief Herr Kößwaldt lustig, schon auf

der Treppe und um seine Mutter besorgt, die über den Köpfen schwebte und schwankte. Und alle lachten.

Volkmann, der unten stand und jeden prüfend ansah, der hinauf ins Wahllokal ging, räsonierte:

– Des nexd mol wern mer nimmer wähln braung, der Hidler schaffd die Bardeien ab, da brauch mer ka Wahln mer.

Einer Bauersfrau, die die Treppe herunterhoppelte, rief er nach:

– Na, Erna, ham sie dich aa wähln geloßt? Hastn du dei Kreuzla machn gekönnt?

Der Briefträger pflichtete ihm bei:

– Das is ja sowieso a Unfug, daß jeder wähln kann. Was versteht denn der einzelne von der Bollidig.

Klara und ihre Mutter kamen gegen Mittag. Kupka begleitete sie bis vor den Dreiherrenstein, kehrte aber dann um, die Falk wollte nicht, daß er sich Anpöbelungen aussetzte. Am Vormittag war Gebhard zu ihnen ins Haus gekommen und hatte sie ermahnt, die Kommunisten zu wählen, sie hatten gestritten. Die Falk hatte gesagt: Ja, wir wählen KPD, weil wir gegen Eigentum sind, aber mit euerm Zwangssystem haben wir nichts zu tun, wir haben andere Ziele.

– Euera Saladköpf! hatte Gebhard geantwortet, ihr baud euera Saladköpf an in euerm Baradiesgärdla, bis euch die Nazi in der Daschn ham!

Er warnte auch vor dem Metzgerfrieder, Kupka

wollte aus der Küche gehn, die Falk sah ihn an und sagte:
– Bleib nur da!
Er blieb an der Tür stehen und hörte zu, wie sie stritten. Wir Kommunisdn, sagte Gebhard, wir können nicht machen, was ein jeder will, wir müssen taktisch denken. Und die Falk, streng aufgerichtet, sah ihn mit einem entschlossenen Blick an und antwortete:
– Wir nicht!
Nun betraten die beiden Frauen das Wahllokal, das um diese Zeit fast leer war. Von draußen war Marschmusik zu hören und in regelmäßigen Abständen eine Lautsprecherstimme. Der Tisch mit der abdeckenden Pappwand war in der Mitte des großen leeren Raumes aufgestellt worden. Klara und ihre Mutter mußten daneben warten, bis der Bauer Heinlein sein Kreuz gemacht hatte und aufstand. Dann setzte sich die Mutter an den Tisch, und Klara stand mit dem Zettel in der Hand allein. Jetzt merkte sie, daß Lehrer Kress, der neben der Urne an dem langen Tisch saß und zusammen mit der Hebamme die Listen führte, zu ihr hersah und dabei den Kopf zurücklegte, als ob er eine spöttische Bemerkung machte. Klara wurde rot vor Verlegenheit. Auf dem Podium hinter Kress waren die Kulissen des Laientheaters aufgehängt für das Lustspiel, das am nächsten Wochenende auf der kleinen Bühne gespielt werden sollte. Eine römische Villa mit Balustrade

und mit einem See: eine Landschaft aus einer schönen sonnigen Welt, weit weg von hier. Die Leinwand hatte querdurch große Falten geworfen. Klara dachte: wie durchgestrichen. Die Brauereistühle davor passen ja auch nicht dazu. Als Klara endlich hinter der schützenden Pappwand saß, vergaß sie einen Augenblick, daß sie wählen mußte, hier war sie endlich in einem sicheren Versteck vor den spöttischen Blicken, nur die Füße ließen sich nicht verbergen. Sie schob ihre Füße vor und zurück, sie stellte sie nebeneinander, sie verschränkte ihre Beine ineinander und stellte den einen Fuß über den anderen. Nun sieht er auf meine Füße. Sie dachte, daß alle im Raum an ihren Füßen erkennen könnten, welche Partei sie wählte. Ihre Mutter wartete die ganze Zeit neben der Kabine, bis sie den Zettel ausgefüllt hatte, um mit ihr zusammen nach vorn zu der Urne zu gehen. An der Urne schob Lehrer Kress, als die Falk ihren Schein in den Schlitz stecken wollte, rasch den Pappdeckel darüber und beugte sich, den Deckel haltend, zur Hebamme hin über die Liste, wie um nachzusehen, ob die Falk nicht schon gewählt hatte. Als ob er es nicht wüßte! So entstand ein kleiner Aufenthalt. Klara ließ er den Zettel ungehindert einstecken, indem er den Pappdeckel mit galantem Schwung nach oben schwenkte, als wollte er sagen: Ich küsse Ihre Hand, Madame!, und er leistete sich noch die Unverschämtheit, ihr rätselhaft lächelnd zuzuflüstern:
– Ich mach den Schlitz gleich wieder zu!

Die Mutter, schon an der Tür, hatte sich umgedreht und wartete.

Das Wahlergebnis: Großer Sieg der NSDAP, an zweiter Stelle SPD, dann Volkspartei und die kleinen Parteien. Die KPD hatte zwei Stimmen.
– Wieso? fragte die Falk ihre Tochter, sonst waren es doch immer drei? Der Gebhard und wir.
– Ich kann das nicht mehr, antwortete Klara.
– Was kannst du nicht mehr?
– Ich habe ungültig gewählt.
– So.
– Und das nächste Mal wähle ich wie die andern wählen.
– Die andern! Die andern! Was gehn uns denn die andern an! Wer sind denn die andern! schrie die Falk außer sich. Die andern! Die andern!
Klara rieb die Wäsche auf dem Waschbrett. Die Mutter ging hinaus.
– Dem Gebhard haben sie die Fenster eingeworfen! rief Klara ihr nach, so haßerfüllt, als ob die Mutter daran schuld wäre.

– Kupka bei Falk.
Der Briefträger steht in der Tür, er liest die Adresse vom Kuvert ab, er tut so, als wüßte er nicht, daß Kupka hier wohnt seit einem Jahr.

[illegible] | [illegible]

Ludwigsstädter Correspondent

Erscheint Montag, Mittwoch und Freitag mittags. Bezugspreis für den Monat 75 Pfennig ohne Zustellgebühr. Einzelnummer [illegible] Pfennig.
Inserate: Die 6gespaltene Petit-Zeile oder deren Raum 15 Pfennige. Reklamezeile 40 Pfennige — Postscheckkonto: Nürnberg Nr. [illegible] — [illegible]
Druck und Verlag von Wilhelm Ehrhardt in Ludwigsstadt. Mitglied des V. D. Z. Hauptgeschäftsstelle in Ludwigsstadt: [illegible], Fernsprecher Nr. [illegible]

Nr. 35a — Dienstag, den 21. März 1933 — 50. Jahrgang

Aufruf!

Die Reichsregierung hat für Dienstag, den 21. März 1933, dem Tage der Eröffnung des neugewählten Reichstages, das deutsche Volk aufgefordert, ein Bekenntnis für die Wiedergeburt der deutschen Nation abzulegen. Die unterfertigten Behörden, Gruppen und Vereine fordern daher die Gesamtbevölkerung von Ludwigsstadt und Umgebung auf, sich an der am

Dienstag, den 21. März 1933, abends 7 1/4 Uhr
in Ludwigsstadt stattfindenden Feier zu beteiligen.

Die Beflaggung der Häuser und Wohnungen mit den Farben schwarz-weiß-rot, Hakenkreuz oder weiß-blau wird erwartet und werden alle Kreise zur restlosen Beteiligung aufgefordert.

Die Mitglieder der mitwirkenden Gruppen und Vereine sammeln sich in den von den Vereinsvorständen bekanntgegebenen Lokalen. Abmarsch aller Mitwirkenden nach vereinbarter Reihenfolge mit Fakelzug durch die Stadt um 7 1/2 Uhr. Abmarschstandort: Schützenplatz Ludwigsstadt.

Ludwigsstadt, den 20. März 1933.

Marktgemeinderat Ludwigsstadt. **N. S. D. A. P., Ortsgr. Ludwigsstadt.** **Stahlhelm, Ortsgr. Ludwigsstadt-Lauenstein.**
Militärverein Ludwigsstadt. **Veteranen- und Kriegerverein Ludwigsstadt.** **Freiwillige Feuerwehr Ludwigsstadt.**
Gesangverein 1848 Ludwigsstadt. **D. Turn-Verein Ludwigsstadt.** **Priv. Schützengesellschaft Ludwigsstadt.**

Reihenfolge und Marschordnung:

7.15 Uhr abends: Sammeln aller Teilnehmer am Schützenplatz.
7.30 Uhr abends: Abmarsch durch die Straßen der Stadt (Hauptstraße, Lindenstraße, Kehlbacherstraße, Rosengasse, Mühlgasse, Hauptstraße, Ottendorferstraße und zurück zum Marktplatz).
8.00 Uhr abends: Musikvortrag.
8.05 Uhr abends: Gesang aller Mitwirkenden: „Großer Gott wir loben Dich".
8.10 Uhr abends: Kranzniederlegung am Kriegerdenkmal durch die Ortsgruppe der N.S.D.A.P.
8.20 Uhr abends: Musik: „Ich hatt' einen Kameraden".
8.30 Uhr abends: Ansprache des Herrn Dekan Degel an die Gesamtbevölkerung.
9.00 Uhr abends: Musik: „Niederländisches Dankgebet". Alle an der Feier Teilnehmenden singen mit.

Anschließend Abmarsch durch die Hauptstraße und Kronacherstraße zum Schützenplatz. Auflösung des Zuges. Die einzelnen Gruppen und Vereine begeben sich in den von den Vereinsleitern genannten Standort. Die übrige Bevölkerung kann in den Sälen der hiesigen Lokale die Rundfunkübertragungen der Reichsregierung hören.

Treffpunkt: **Militär-Verein Ludwigsstadt** 7 Uhr abends im Goldenen Löwen — Orden und Ehrenzeichen sind anzulegen.
N.S.D.A.P. Ludwigsstadt 7 Uhr abends bei Wachter.
S.A. Sonderbefehl!
Freiw. Feuerwehr Ludwigsstadt 7 Uhr abends bei Wachter.
Turn-Verein Ludwigsstadt 7 Uhr im Goldenen Löwen. Siehe Aushang.
Veteranen- und Krieger-Verein Ludwigsstadt 7 Uhr abends bei Wachter — Orden und Ehrenzeichen sind anzulegen.
Stahlhelm Ludwigsstadt-Lauenstein Sonderbefehl!
Priv. Schützengesellschaft Ludwigsstadt 7 Uhr im Löwen.
Gesang-Verein Ludwigsstadt 1848 7 Uhr im Löwen.

Zum Schluß am Schützenplatz: Abbrennen der Fackeln mit einer Ansprache von Hauptlehrer Wild, Lauenstein.

– Ja, sagte Klara gehorsam.
– Amtlich, sagte der Briefträger.
Es war ein Brief von der Behörde, die Falk las ihn stumm und gab ihn dann erst Kupka, der mißtrauisch aus der Küche herüberkam.
– Du sollst dich melden.
– Ich melde mich bei niemand, sagte Kupka, nachdem er das Schreiben gelesen hatte.
Klara sagte eifrig:
– Das ist sicher wegen der Aufenthaltsgenehmigung.
Die Falk:
– Die Nazis wollen dich verhaften.
Kupka lief mit dem Schreiben in der Hand hinter ihr her in die Küche. Er wehrte sich:
– Das steht doch gar nicht da!
– Sie wollen dich verhaften, wiederholte die Falk.
– Für was denn? Was habe ich denn verbrochen?
Die Falk:
– Jetzt sind die Nazis dran, da sind Leute wie wir unerwünscht.
Nun redeten sie darüber, daß er fort mußte, und sie redeten wieder von Amerika.
– Da will ich nicht mit, sagte Klara.
Die Mutter saß am Tisch und starrte vor sich hin. Die Gedanken gingen ihr wirr im Kopf herum, und als brächte sie die Verzweiflung auf eine neue Idee, sagte sie auf einmal zu Kupka:
– Du mußt ja gar nicht fort.

Aber Klara sagte gehässig:
– Doch! Er muß fort! Vielleicht hat er etwas verbrochen.
Kupka, der in der Tür stand und zuhörte, antwortete nicht, er sah die Falk an.
– Er hat nichts verbrochen, sagte die Falk und wiederholte noch einmal, wie eine beschwörende Formel:
– Er hat nichts verbrochen!
– Ich weiß es ja nicht! sagte Klara schnippisch und blieb mit verschränkten Armen abwartend am Küchenbuffet stehen.

Abends hatte die Falk nur für zwei gedeckt, für sich und für Kupka, dachte Klara, als sie von der Schule nach Hause kam. Ich soll nicht mitessen, ich soll wegen meiner Bemerkung heute vormittag bestraft werden. Die Mutter erklärte aber, Kupka sei zur Hütte gegangen, um eine Säge zu holen, und morgen ganz früh müsse er in die Stadt, um sich bei der Behörde zu melden. Klara forschte nicht weiter nach und ging nach dem Essen hinauf in ihr Zimmer. Sie redeten auch am folgenden Tag nicht über Kupka, er kam nicht wieder, es dauerte wohl, bis alles erledigt war, einen Tag länger. Auch am dritten Tag erschien er nicht, und die Frauen schwiegen. So war es der Briefträger, der Klara vom Fahrrad herunter, auf dem Heimweg von der Schule, zurief:

– Gell, Klara, euer Kupka ist fort! Hat sich geschlichen!

Es waren aufregende Tage, überall auf den Dörfern und in der Kreisstadt wurden Kommunisten verhaftet, und täglich stand in der Zeitung, daß man Handgranaten und Armeerevolver und Karabiner und Unmengen von Munition bei ihnen gefunden hätte: daß man eine internationale Verschwörung gegen das Reich entdeckt und gerade noch im letzten Moment verhindert habe. Die Redakteure der »Fränkischen Presse« veröffentlichten in ihrer Zeitung eine Erklärung, in der sie ohne jeden Zwang zugaben, daß die von ihnen seit Jahren über die NSDAP gebrachten Nachrichten der Wahrheit nicht entsprachen, daß sie nur deshalb gebracht worden waren, um das Volk vom Erwachen abzuhalten. Sie bedauerten, daß sie sich bisher in ihrer Berichterstattung von einseitigem Parteiegoismus hatten leiten lassen.
Die Grümmers-Marie stand unten am Haus der Falks und schrie hinauf:
– Jedzd kommds ja raus, ned? Die ham ja alla Waffenlager! Waffen ham sa vergraam, die Kommunisdn! Werd mer scho seng, was mer da find, wenn sa nausgehn in euera Hüddn! Euer Kupka!
Die Leute blieben stehen und lachten. Klara schlug das Fenster zu und zerrte das Rollo herunter, stand an der Wand in ihrem Zimmer.

Sie war jetzt mit der Mutter allein in dem großen Haus. Sie deckte den Tisch, sie putzte für die Mutter die Schuhe, sie kümmerte sich darum, daß der Herd nicht ausging, sie kehrte den Hof. Sie war ganz ruhig dabei; Kupka, der Feind, der den Haß der Leute im Ort auf das Haus gezogen hatte, war fort und nun wollte sie der Mutter helfen; sie dachte wohl, nun könnte sie wieder mit der Mutter zusammenleben wie früher.

Die Mutter aber saß da und aß nicht. Klara sah sie freundlich an, sagte leise: Mutter!, aber die saß ihr gegenüber, als würde sie nicht hören, was sie sagte. Da wurde Klara unruhig, nahm das Brot und schnitt – was sonst die Mutter machte – ein paar Scheiben ab und schob eine Scheibe zu ihr hinüber, über den ganzen Tisch, schob noch ein wenig nach, vorsichtig, wie zu einem verschreckten Tier hin, das sie locken wollte.

– Ich kann ja nichts dafür, sagte sie leise.

Als die Mutter weiter schwieg und abwesend vor sich hin starrte, fing Klara an, ihre Brotscheibe mit Quark zu bestreichen, und biß hinein, ohne sich weiter irritieren zu lassen, aß das ganze Brot auf. Ich kann ja nichts dafür. Es war, als hätte sie sich mit diesem Satz von aller Not des vergangenen Jahres befreit.

In den folgenden Tagen sah Klara ihre Mutter nicht. Sie war aber im Haus, Klara hörte sie rumoren.

Einmal hörte sie ihre Schritte auf dem Dachboden. In der Küche fand sie Apfelschalen. Der Milchtopf war halb ausgetrunken. Sie sah auch ihre Schuhe im Flur stehen.
Klara überlegte, ob sie sie rufen sollte. Sie stand horchend im Treppenhaus. Aber dann dachte sie: Meine Mutter verachtet mich, sie will mich nicht sehen, weil sie mich verachtet. Und so zog sie sich in ihr Zimmer zurück, zu den Heften, zu dem vertrockneten Wiesenblumenkranz der Mutter, der am Schrank hing.

Gegen Morgen hörte Klara ein Geräusch. Vom Fenster aus sah sie, wie ihre Mutter unten am Waschhaus ihren Koffer auf dem Fahrrad festband und im Nebel davonfuhr.
Später fand sie auf ihrer Mappe, die sie wie immer am Abend auf dem Stuhl neben der Küchentür zurechtgelegt hatte, einen Zettel. »Klara! Den Leuten sagst Du, ich bin nach Bayreuth zu Pöhlmanns. Weiter nichts. Später erhältst Du einen Brief von mir. Du bist zu ängstlich, sie können Dir nichts tun. Mutter.«
Daneben lag der Schlüsselbund, den sie immer bei sich getragen hatte.
Klara war in furchtbarer Aufregung. Sie konnte sich nicht erklären, wo ihre Mutter hingefahren war. Aber sie traute sich nicht, jemandem etwas zu sagen.

Ein paar Tage später, die Osterferien hatten gerade angefangen, entdeckten Kinder ein schwarzes Bündel im Fluß.

Es war Hochwasser. Das große schwarze Bündel trieb schnell, zusammen mit abgerissenen Wurzeln und Grasbüscheln, in der starken Strömung auf das alte Holzwehr hinter der Fabrik zu. Die Kinder rannten mit aufgeregtem Geschrei am Ufer nebenher.

Das Wehr war hochgezogen und bot kein Hindernis. Alles, was der reißende Fluß mit sich führte, schoß ungehindert über die Schwelle hinunter. Das schwarze Stoffbündel drehte sich unten im schaumigen Strudel, man sah Haare und das Gesicht.

Die Kinder schrien:

– Die ald Falk! Die ald Falk lichd im Wasser!

Sie liefen weiter am Ufer, bis der Weg an den Häusern endete, die mit ihrer Rückseite direkt am Wasser standen.

Sie rannten durch das Dorf und schrien:

– Die ald Falk! Die ald Falk lichd im Wasser!

Ein paar Männer kamen mit Stangen, und alle liefen zu der unteren Steinbrücke, wo sie versuchen wollten, die Leiche aufzuhalten. Es ging aber zu rasch. Jeder gab Kommandos, sie schrien durcheinander, beugten sich über die Brüstung, auf beiden Seiten, und hielten ihre Stangen über die Brüstung in die Strömung. Nur der Schreiner Oltaz erwischte die Falk mit seinem Flößhaken am Mantel, das Bündel drehte sich aber und glitt weiter.

Jetzt rannten sie alle flußabwärts bis in den Süßen Grund, die Männer mit den Stangen und die Kinder; der Gendarm fuhr mit dem Fahrrad hinterher.
An der Sägmühle blieb die Falk im Gitter hängen, und sie konnten sie herausziehen.
– Etz issa durchn ganzn Ort gschwomma un hod sich überall noch amol gezeichd.
– Zwaa Kommunisdn hammer gehabd, ezd hammer bloß noch aan.
– Da ohm, was hod sie denn da ohm am Arm?
– Ogfressn.
– Noja die Ratzn.
– Des hodsa jezd davoo.

Die Grümmers-Marie schlug so lange gegen die Tür, bis Klara aufmachte.
– Dei Mudder, Klara!
Die beiden Frauen rannten die Dorfstraße hinunter zum Spritzenhaus, wo man die Leiche hingebracht hatte. Seltsamerweise war niemand auf den Gedanken gekommen, sie zu Klara in das Haus zu bringen, nicht einmal der Gendarm Gensler, der die ganze Bergungsaktion leitete. Vielleicht hatte er Klara auch schonen wollen.
Beim Hereinkommen konnte sie in dem halbdunklen Raum fast nichts erkennen. Dann sah sie das große schwarze Bündel auf einem Brett über zwei Böcken liegen. Sie wußte nicht, wo sie sich hinstellen

sollte. Die Leute gafften zu den Fenstern herein, das spürte sie wohl, wenn sie auch nicht hinsah. Es waren auch einige von ihren Kindern aus der Schule dabei. Schließlich brachte Gendarm Gensler einen Stuhl herein und stellte ihn mitten in den Raum auf den Zementboden. Klara setzte sich darauf, wie wenn sie jetzt endlich die richtige Stelle gefunden hätte, wo sie schicklicherweise sitzen konnte. Sie saß nun ziemlich weit weg von dem flach daliegenden Körper. Der Kopf der Falk war so weit nach hinten gebogen, schräg von ihr abgewandt, daß sie von der toten Mutter nur den Berg nasser Kleider und darüber einen weißen Fleck, der wohl Hals und Kinn sein mußte, sehen konnte. Immer noch tropfte Wasser aus dem schwarzen schweren Umhang und bildete auf dem Boden eine dünne Lache, die langsam anschwoll und sich in den Unebenheiten des Zementbodens auf die Mitte des Raumes zu, wo Klara bewegungslos auf ihrem Stuhl saß, ausbreitete. Klara starrte auf die winzigen Veränderungen am Rand der Wasserlache, deren Umriß sich immer wieder neu formte, wenn das Wasser in kleinen Schüben und Sprüngen überquoll und sich in den Ritzen und Mulden neue Bahnen suchte. Sie vermied es, zu ihrer toten Mutter hinzusehen.

Im Dorf gingen natürlich viele Gerüchte über den Todesfall um. War es ein Selbstmord, und warum hatte sie Selbstmord begangen? Man kannte die Falk als eine starke, lebensmutige Frau, und so mochte man ihr eine solche Verzweiflungstat nicht zutrauen. Hatte sie den Polen noch einmal getroffen und war sie darum ins Wasser gegangen, weil er sie, die so viel ältere Frau, nicht mit nach Amerika nehmen wollte? Es galt ja als sicher, daß Kupka nach Amerika gegangen war. Hatte sie ihm das Geld gegeben, das sie bei sich gehabt hatte, oder hatte er ihr den Beutel abgenommen und sie dann ins Wasser gestoßen? Es tauchte auch noch eine andere Vermutung auf: es seien SA-Leute gewesen, die von einem Treffen im Morgengrauen nach Hause kamen. Sie hätten ihre Späße mit ihr machen wollen, dann sei es aber schlecht ausgegangen.

Es kam der Kriminalbeamte aus der Kreisstadt und er fragte Klara:
– Glauben Sie, daß Ihre Mutter unter dem Weggang dieses Kupka besonders gelitten hat?
– Ich weiß das nicht, antwortete Klara.
– Daß sie sich vielleicht deshalb etwas angetan hat, ergänzte der Gendarm Gensler mit einem Blick auf den Kriminalbeamten.
– Ich weiß das nicht.
Sie gingen über die Speicher. Ausgebreitete Zeitungen, darauf lagen Lindenblüten zum Trocknen, der ganze Boden war damit bedeckt.

– Das duftet ja hier! sagte der Kriminalbeamte aus der Kreisstadt. Gesund!
Am Ende des Speichers war die Kammer.
– Was ist da drin? fragte der Beamte.
– Ich glaube, nichts.
In der Kammer waren Zeitungen, Stapel von gebündelten Zeitungen.
– Das wußte ich nicht, sagte Klara.
– Alles ihre vegedarischen Bläddla, sagte der Gendarm Gensler.
– So?
– Das braucht man nicht weiter kontrollieren.
– Wir werden sehn. Sie war doch Kommunistin?
Unten das Zimmer mit den schwarzen Schränken.
– Hier hat Ihre Mutter geschlafen?
Klara nickte.
– Es ist aber kein Bett da!
– Ja. Ach so.
– Was heißt: Ja, ach so?
Gensler beugte sich zum Kriminalbeamten:
– Ich hab Ihnen doch gesagt . . .
– Meine Mutter meinte, es wäre gesund, auf dem harten Fußboden zu schlafen.
Der Gendarm bückte sich, hob eine Ecke der Matratze hoch und ließ sie wieder fallen. Dabei wendete er den Kopf zur Seite, damit ihm der Staub nicht ins Gesicht wirbelte.
– Es sind *zwei* Matratzen, sagte der Kriminalbeamte.
– Ja.

Klara sah nicht zu der Matratze hin.
Gensler:
– Na ja, der Kupka.
Der Kriminalbeamte:
– Mit Ihnen, Fräulein Falk, hat dieser Kupka nichts zu tun gehabt?
Klara schüttelte den gesenkten Kopf.
Gendarm Gensler:
– Wir müssen halt fragen, Klara.
Später auf dem Flur sagte sie:
Ich habe nur sehr wenig mit Herrn Kupka gesprochen.
– Wie ist dieser Kupka überhaupt ins Haus gekommen?
Klara, der Gendarm Gensler und der Kriminalbeamte saßen in der Küche an dem großen Tisch mit dem Wachstuch.
– Ich bin einmal mittags nach Hause gekommen, und da hat meine Mutter gesagt, das ist Herr Kupka. Und mich hat sie Herrn Kupka auch vorgestellt.
– Und wo kam er denn so plötzlich her?
Klara schwieg.
Der Gendarm Gensler beugte sich zu Klara vor:
– Jetzt überleech doch amol a weng, Klara! Geh zu, du mußt doch jetzt amol a weng überleng!
– Ja, sagte Klara.
Schweigen.
– Er war arbeitslos.
– Na also, sagte der Kriminalbeamte aus der Kreisstadt.

– Ja, sagte Klara.
Gendarm Gensler:
– Er war doch Pole, Klara.
Klara nickte.
– Aber während des Krieges war er Soldat, er war auf der deutschen Seite.
Draußen hörte man Kinder wegrennen, die Tür schlug zu.
Der Kriminalbeamte fragte Klara:
– Hat Ihnen Ihre Mutter etwas davon gesagt, daß sie für länger fortgehen wollte?
– Nein. Sie hat mir nichts gesagt.
– Aber sie hat doch einen Koffer mitgenommen.
– Ja, das habe ich gesehn.
– Na also!
Klara erschrak, es war ihr, als ob sie eine Schuld zugegeben hätte.
– Wann hast du sie denn aus dem Haus gehen sehn?
– Ich habe sie von meinem Fenster aus gesehn, wie sie den Koffer hinten auf ihrem Fahrrad festgeschnürt hat. Es war sehr früh am Morgen. Es war noch fast dunkel. Wir hatten ja noch Ferien, fügte sie hinzu, wie um sich zu entschuldigen, daß sie da noch im Bett lag.
– Und dann ist sie weggefahren?
– Ja, sagte Klara. Nach einiger Zeit.
Der Gendarm fragte: Ob sie nicht gerufen hat? Ob sie nicht das Fenster aufgemacht hat? Ob sie nicht gefragt hat?
Klara senkte den Kopf.

Die drei saßen stumm am Tisch.
Klara:
– Es ist bestimmt ein Unglücksfall gewesen. Meine Mutter muß gestürzt sein.
Schweigen.
– Es ist bestimmt ein Unglücksfall.
Klara hatte ein strenges, ernstes Gesicht wie eine Witwe.

Am gleichen Abend trug Klara die gebündelten Zeitungen und die Bücher, die oben in der Kammer gelagert waren, hinunter in die Waschküche. Dort stapelte sie sie an den Wänden. Dann machte sie in der Mitte des Raumes ein Feuer und fing an, die Bündel aufzuschnüren und zu verbrennen. Die Flamme durfte nicht zu hoch schlagen, und so verbrannte sie jede einzelne Zeitschrift und war bis zum Morgengrauen damit beschäftigt. Sie war ganz ruhig dabei, ohne Rachsucht und ohne Triumph. Die Asche füllte sie in ein Zinkwännchen und trug sie hinaus in den Garten. Als sie zurückkam mit dem leeren Wännchen in der Hand, blieb sie an der Hoftüre einen Moment stehen, sie hörte die Geräusche des erwachenden Dorfes und das Geschrei der Vögel in den Bäumen, sie stand da und lächelte.
Am Zaun kamen Männer vorbei, Arbeiter auf dem Weg in die Merz-Fabrik. Sie sahen zu Klara hinüber, einer rief:

– Na, Klara, bist ausm Bett gfalln heud? Schlupf nur noch a weng nei!
Und Klara lachte und nickte.

Nach den Osterferien war Lehrer Kress nicht mehr an die Schule zurückgekommen. Er war versetzt worden, hatte sich aber nicht von Klara verabschiedet. Sie dachte oft an ihn, aber erst als nach einigen Wochen ein Herr von der Schulbehörde in ihre Schule kam, erkundigte sie sich, an welche Schule er versetzt worden war. Der Schulrat wußte nichts über ihn, riet ihr, falls ihr dringend an einer Auskunft gelegen sei, in Weimar anzufragen. Von dort erfuhr sie, daß Kress einige Zeit an einer Schule bei Eisfeld unterrichtet hätte, dann aber, auf eigenen Wunsch, aus dem Schuldienst ausgeschieden wäre. Weitere Nachforschungen wollte Klara nun nicht mehr anstellen.

Bibliothek Suhrkamp

Verzeichnis der letzten Nummern

974 Jan Józef Szczepański, Ikarus
975 Melchior Vischer, Sekunde durch Hirn/Der Hase
976 Juan Carlos Onetti, Grab einer Namenlosen
978 Jürgen Becker, Felder
979 E. M. Cioran, Von Tränen und von Heiligen
980 Olof Lagercrantz, Die Kunst des Lesens und des Schreibens
981 Hermann Hesse, Unterm Rad
982 T. S. Eliot, Über Dichtung und Dichter
983 Anna Achmatowa, Gedichte
984 Hans Mayer, Ansichten von Deutschland
985 Marguerite Yourcenar, Orientalische Erzählungen
986 Robert Walser, Poetenleben
987 René Crevel, Der schwierige Tod
988 Scholem Alejchem, Eine Hochzeit ohne Musikanten
989 Erica Pedretti, Valerie
990 Samuel Joseph Agnon, Der Verstoßene
991 Janet Frame, Wenn Eulen schrein
992 Paul Valéry, Gedichte
993 Viktor Šklovskij, Dritte Fabrik
994 Yakub Kadri, Der Fremdling
995 Patrick Modiano, Eine Jugend
997 Thomas Bernhard, Heldenplatz
998 Hans Blumenberg, Matthäuspassion
999 Julio Cortázar, Der Verfolger
1000 Samuel Beckett, Mehr Prügel als Flügel
1001 Peter Handke, Die Wiederholung
1002 Else-Lasker-Schüler, Arthur Aronymus
1003 Heimito von Doderer, Die erleuchteten Fenster
1004 Hans-Georg Gadamer, Das Erbe Europas
1005 Hans Jonas, Das Prinzip Verantwortung
1006 Marguerite Duras, Aurelia Steiner
1007 Juan Carlos Onetti, Der Schacht
1008 E. M. Cioran, Auf den Gipfeln der Verzweiflung
1009 Marina Zwetajewa, Ein gefangener Geist
1010 Christine Lavant, Das Kind
1011 Alexandros Papadiamantis, Die Mörderin
1012 Hermann Broch, Die Schuldlosen
1013 Benito Pérez Galdós, Tristana
1014 Conrad Aiken, Fremder Mond
1015 Max Frisch, Tagebuch 1966–1971
1016 Catherine Colomb, Zeit der Engel
1017 Georges Dumézil, Der schwarze Mönch in Varennes
1018 Peter Huchel, Gedichte
1019 Gesualdo Bufalino, Das Pesthaus
1020 Konstantinos Kavafis, Um zu bleiben

Bibliothek Suhrkamp

Alphabetisches Verzeichnis